I0593714

Nakhshabi Ziya al-Din, B. Gerrans

The Tootinameh

Tales of a Parrot in the Persian Language

Nakhshabi Ziya al-Din, B. Gerrans

The Tootinameh
Tales of a Parrot in the Persian Language

ISBN/EAN: 9783337320119

Printed in Europe, USA, Canada, Australia, Japan

Cover: Foto ©Andreas Hilbeck / pixelio.de

More available books at **www.hansebooks.com**

" mediately ordered the boy to be produced. The " man brought him, and when the mother ſaw " her ſon, ſhe embraced him, and praiſed God.

The parrot having brought the tale to this period, ſaid to Khojiſteh, " My miſtreſs, do you " alſo, if any difficulty ſhould occur, aſſert your " own purity. Now ariſe, and go to your friend."

Khojiſteh wanted to have gone; inſtantly the cock crowed, and dawn appearing, her departure was deferred.

It ſo happened, that on that very day Miemun returned from his journey. Upon not ſeeing the ſharuck, he aſked what was become of her? Khojiſteh had not yet opened her lips, in order to have given an anſwer, when the parrot ſaid, " Require of me " a relation of all the adventures of the ſharuck, " and of Khojiſteh? Miemun ſaid, " Speak." The parrot related to Miemun, from beginning to end, all the particulars of Khojiſteh falling in love with the young man, and how the ſharuck was killed by the hands of Khojiſteh. Miemun immediately put an end to the life of Khojiſteh.

FINIS.

و در حال کودک را طلبید و بیاورد مادرش چون پسر را دید در کنار گرفت و شکر خدا گفت

چون طوطی سخن تا اینجا رسانید با خجسته گفت که ای کدبانو ترا نیز اگر کاری مشکل پیش اید چنان حیله پاکی خود ظاهر کن اکنون برخیز و جانب دوست خود برو خجسته خواست که برود در حال خروس آواز کرد و صبح ظاهر شد رفتن او موقوف گردید

اتفاقا همان روز میمون از سفر باز آمد چون شارک را ندید اول احوال شارک پرسید که شارک کجاست هنوز خجسته لب بپاسخ نگشاده بود که طوطی گفت که همه احوال شارک و خجسته از من پرس میمون گفت بگو طوطی همه احوال عاشق شدن خجسته بر جوانی و کشته شدن شارک از دست خجسته از آغاز تا انجام با میمون گفت میمون فی الحال خجسته را بکشت و هلاک ساخت

تمام شد

" and which is this,—My wife ſent to Room for " a ſlave, who is her gallant; I have killed the " ſlave, but cannot prevail on myſelf to put to " death my wife; becauſe my ſuſpicions may be " true, or they may be falſe. The old woman " ſaid, I have an amulet; when your wife is " aſleep, place it on her boſom, and whatever ſhe " ſays in her ſleep will be true. The king ſaid, " Bring the amulet quickly. The old woman gave " it to the king immediately; and then going to the " queen, told her, When the king ſhall place the " amulet on your boſom, feign yourſelf aſleep, and " tell the whole ſtory truly. After the firſt watch of " the night, the king having placed the amulet on his " wife's boſom; ſhe related all the particulars a-" bout her former huſband, and her ſon. When " the king comprehended the ſtory, he kiſſed his " wife's face and hair, and ſaid, Why did you " conceal from me this ſecret? The wife ſaid, " Becauſe I was aſhamed. The king immediately " ſent for the murderer, and ſaid, Where is the " tomb of the youth you killed? The man " anſwered, I did not kill him; he is ſtill alive. " The king was greatly delighted hereat, and im-

" mediately

ه زن من غلامي را كه عاشق او بود از روم طلبيد من
آن غلام را كشتم اما دل نميخواهد كه زن را بكشم
زيرا كه راست است يا دروغ زن پير گفت من
تعويذي دارم چون زن تو در خواب شود بر سينه او بنه
هر چه خواهد بود در خواب راست خواهد گفت
پادشاه گفت زود آن تعويذ را بيار زن پير در
حال به پادشاه داد و نزد دختر قيصر رفت و گفت
پادشاه چون تعويذ بر سينهٔ تو نهد تو خود
را در خواب ساز و آن قصه تمام راست بگو
چون پاسي از شب بگذشت پادشاه آن تعويذ
را بر سينه زن نهاد زن قصه شوي سابق و پسر خود
يك يك گفت پادشاه چون قصه بشنيد روي
و موي زن ببوسيد و گفت چرا اين راز بمن
نگفتي زن گفت مرا شرم آمد پادشاه در حال
كشندهٔ كودك را طلبيد و گفت كودك را تو
كشتي گور او كجاست آنمرد گفت كه آنرا تا هنوز
نكشته ام زنده است پس پادشاه بسيار خوش شد
و در حال

" words, was filled with compaſſion, and ſaid to " himſelf, Perhaps this ſecret will one day be diſ- " covered to the king, who may require the boy " at my hands, and will then repent. It is, at all " events, moſt adviſeable that this boy ſhould not " be killed for ſome time. In ſhort, he did not " put him to death. The next day he went to " the king, and ſaid, I have killed the boy. The " king's anger was a little abated, but he had no " confidence remaining in his wife. The queen " wondered what would be the iſſue; her ſon " being ſlain, and her huſband's affection loſt. In " the palace was an old woman, who ſaid to the " queen, I perceive you are full of thought. She " communicated to the old woman the whole of " her ſtory. The old woman ſaid, Set your heart " at eaſe; I will contrive it ſo, that the king " will be pleaſed with you. The queen anſwered, " O, mother, only eaſe this pain, and I will fill " your lap and pockets with jewels. In ſhort, " one day the old woman, perceiving the king " thoughtful, ſaid, I obſerve that your majeſty is " ſad. The king anſwered, Alas! my mother " I have a pain which cannot be fully deſcribed;

" and

بشنید مهربانی بر وغالب شد باخود گفت که شاید
روزی این راز بپادشاه ظاهر شود و کودک از من بخواهد
آنوقت پشیمانی کرد و بهتر آنست که چند روز کودک را
نباید کشت القصه انرا نکشت و روز دیگر پیش
پادشاه رفت و گفت که کودک را کشتم پادشاه را
اندکی غصه کم شد لیکن اعتماد زن نماند دختر قیصر
حیران شد که این چه پیش آمد پسر کشته شد
وشوی از دست رفت درون خانه زنی بود پیر
روزی با دختر قیصر گفت که ترا متفکر می بینم او
تمام قصه خود با زن پیر بگفت زن مذکور گفت
خاطر جمع دار چنان حیله خواهم کرد که دل پادشاه از
تو خوش خواهد شد دختر قیصر گفت ای مادر این
درد را دوائی کن من دامن و جیب تو پر از
جواهر خواهم کرد القصه روزی پیر زال پادشاه را
تنها دید پرسید که پادشاه را متفکر می بینم پادشاه
گفت ای مادر مرا دردیست ناگفتنی و آن اینست

که

" porter being apprised of this mystery, entertained " unfavourable suspicions; and when the king re- " turned, told him what he had discovered. The " king was afflicted, and said to himself, This " woman by practising deceit, has brought her lo- " ver here. Immediately he entered the haram; " the woman, plainly perceiving that the king had " learnt the circumstances of the preceding night, " said, Why are you thoughtful? The king re- " joined, Why should I not be thoughtful? you " by your artifice, have called your gallant hither " from Room, and have lain with him—what " audaciousness and impudence is this? He want- " ed to have punished her, but was restrained by " his affection. He said to himself, I must revenge " myself on this boy. He accordingly said to some " one, Take this boy into a private place, and im- " mediately separate his head from his body. The " man, when he took him from thence, said to " him, O, youth! were you not apprised that she " is the king's wife, and why did you go in? He " said, I am her own son by a former husband; " she is my mother: through delicacy she avoided " mentioning it to the king. You have the power " either to kill me, or to spare my life; I have told " the truth. The executioner, on hearing these

Rr2 " words,

همه باگفت پادشاه برآشفت و در دل خود گفت
که این زن بمکر محبوب خود را اینجا طلبیده است
در حال درون حرم رفت زن بفراست دریافت
که احوال دوشینه بادشاه را معلوم شده گفت
چرا متفکر هستی پادشاه گفت چرا متفکر نشوم
تو بمکر معشوق خود را اندروم اینجا طلبیدی و با او هم
بستر شدی این چه شوخی و بی شرمی بود خواست
که تا او را سیاست کند لیکن چون برو عاشق بود
سیاست نکرد با خود گفت که کینهٔ او از این کودک
باید کشید پس یکی را فرمود که این غلام را در یک
گوشه ببر و در حال سرش جدا کن آن مرد چون
او را از آن جا برد با او گفت ای کودک ترا معلوم
نبود که زن پادشاه است چرا اندرون رفتی گفت که من
فرزند حقیقی آن زن از شوی دیگر هستم و او مادر من از
شرم بپادشاه نگفت اگر بکشی و اگر نکشی اختیار تست
آنچه راست بود من گفتم کشنده چون این سخن
بشنید

" him to me? She anſwered, No; becauſe he
" conſiders him as his adopted ſon; but if your
" Majeſty is deſirous to have him, I will ſend a
" merchant with certain tokens from me to him,
" and who alluring him by promiſes of promo-
" tion, may perhaps engage him to come. Ac-
" cordingly the king ſent to Room an intelligent
" merchant, with articles of trade. The emperor's
" daughter ſaid *privately* to the merchant, He is
" not a ſlave, but my own ſon, although for particular
" reaſons I have told the king he is a bond.nan;
" you muſt not treat him like a ſlave. In ſhort,
" the merchant, after ſome time had elapſed,
" brought him to the king, who, on beholding his
" beautiful countenance, and perceiving his good
" capacity, was greatly pleaſed, and beſtowed on
" the merchant a dreſs of ſtate, with other valu-
" able gifts. The youth's mother ſaw him from a
" diſtance, and was delighted with ſalutations and
" meſſages. It happened that one day when the king
" went a hunting, the wife called her ſon into
" the palace, kiſſed his head and face, and bidding
" adieu to ſorrow, converſed with him freely. The

R r   " porter

زن گفت نی زیراکه او را بجای پسر پرورده است
اگر پادشاه را ارزوی اوست تا من بازرگانی
طرف او فرستم و نشان خود بدو بدهم و بوعده
بهتری اورا امیدوار نمایم شاید بیاید پس پادشاه
بازرگانی دانا معه مال تجارت جانب روم فرستاد
دختر قیصر با بازرگان گفت که او غلام نیست
فرزند من است برای مصلحتی با پادشاه گفته ام
که غلام است باید که اورا چون غلام بیاری القصه
بازرگان بعد چند روز اورا بحضرت پادشاه آورد
پادشاه چون روی خوب وهنر او دید بسیار خوش شد
و بازرگان را خلعت و انعام داد مادر او از دور اورا
میدید و بسلامی و پیامی خوش می بود اتفاقا
روزی پادشاه برای شکار رفت زن فرزند خود
را اندرون طلبیده سر و روی او را ببوسید و غم گذشته
با او گفت دربان بدین سر مطلع شد او را گمان
بد شد پادشاه چون پرسید انچه دیده بود

همه

" it would be well were he to give her in marriage to " your majesty. The king was pleased at the vizier's " discourse, and immediately sent an ambassador to " the emperor of Room, with valuable presents, " and to ask his daughter in marriage. The em- " peror of Room was not satisfied with the pro- " posal. On that the ambassador returned, without " having effected his purpose. The king with a " large army invaded the territory of Room, and " desolated the country. The emperor of Room " being reduced to great straits, gave his daughter " to the king. The princess had a son by a for- " mer marriage, which circumstance, the emperor " her father, charged her never to divulge to the " king. When she came to the king's palace, she " was continually grieving at being separated from " her son. She wanted to contrive some means of " discovering the affair to the king. It happened that " one day the king having made her a present of a cas- " ket full of jewels, she said, My father has a slave " very skillful in jewels; if he were now here, " he would discriminate minutely between the good " and the bad. The king said, If I were to ask " that slave of your father, would he part with

" him

خوبست پادشاه سخن وزیر به پسندید در حال
رسولی با تحفه نزد قیصر روم فرستاد و درخواست
دختر نمود قیصر را این سخن خوش نیامد رسول
بی مقصد باز کشت پادشاه با لشکر بسیار
طرف روم رفت و ملک را خراب ساخت
چون قیصر روم عاجز شد دختر خود را بپادشاه
داد دختر را از شوی اول پسری بود
قیصر روم بادختر خود کفت تو هرکز این ذکر پیش
پادشاه نکنی دختر چون بخانهٔ پادشاه آمد
همیشه از جدائی فرزند درغم می بود و میخواست که
بکسی طور ذکر فرزند بحضور پادشاه نماید اتفاقا
پادشاه روزی پر از جواهر درجی باو بخشید
زن کفت نزد پدر من غلامی است علم شناختن
جواهر خوب دارد اکر او این لحظه اینجا میشد
از نیک و بد جواهر به تفصیل میکفت پادشاه
کفت اکر از پدر تو آن غلام را بخواهم مرا بدهد
زن

TALE THE THIRTY-FIFTH.

A king falls in love. Khojisteh is put to death by the hands of Miemun.

WHEN the sun descended into the west, and the moon appeared in the east, Khojisteh went to the parrot, and said, " I have waited on " you many nights, and go away without accom- " plishing my desire: preserve thy allegiance to my " salt: sprinkle not so much salt upon my wound, " but quickly give me leave." The parrot said, " My mistress, this night, I will exert every means " in my power, and carry you to your lover. How- " ever, if you discover your secret to any one, " besides my myself, contrive like the daughter of " the emperor of Room, who established her re- " putation for virtue." Khojisteh asked, " How " is that?

The parrot began, " Once on a time there was " a king whose dominions bordered on the territory " of Room. One day the vizier said to the king, " The emperor of Room has a beautiful daughter; " it

حکایت سي وپنجم یک بادشاه وعاشق
شدن او وکشته شدن خجسته از دست
میمون

چون آفتاب بمغرب رفت و ماه از مشرق بر آمد
خجسته بر طوطي رفت وگفت اي طوطي چند شب است
که پیش تو مي آیم و بي مراد میروم حق نمک
من نگاهدار وچندین نمک در ریش من مریز
جلد مرا اجازت ده طوطي کفت اي کد بانو امشب
بهر طوريکه تواني جانب دوست خود را رسان
لیکن اکر غیري از من بر راز خبردار شود آن
تدبیر کن که دختر قیصر روم بآن پاکدامني خود
ظاهر ساخت خجسته پرسید که آن چکونه بود
طوطي آغاز کرد که وقتي پادشاهي بود نزدیک
ولایت روم روزي وزیر به پادشاه کفت که قیصر
روم دختري دارد ماه رو واکر آن دختر به پادشاه بدهد
خوب است

" vessel full of wine; which having seized, and
" placed before them, they said, Let us now
" drink this liquor, till it shall be time to com-
" mit the robbery. When they had drunken the
" wine, they began to bawl and to sing. The
" master of the house awoke, gathered together
" his servants, seized the thieves, and put them in
" bonds. The ass replied, I am a citizen, and
" you a country boor, what judge are you of sing-
" ing? Positively I will sing—what harm will it
" do you to hear me? In short, the ass began bray-
" ing, which awakened the gardener and the master
" of the house, who bound them both.

The parrot having finished this discourse, said to Khojisteh, " My mistress, whosoever doth not act conformably to circumstances will meet with this fate; I would, therefore, advise you to observe all times. Arise, and go quickly to your friend." Khojisteh wanted to have gone:—At that instant the cock crowed, and the dawn appearing, her departure was deferred.

پر از شراب یافتند و آن را گرفته پیش خود نهادند
و گفتند تا وقت دزدی شود حالا شراب بخوریم
چون بخوردند غوغا کردند و سرود نمودند خداوند خانه
بیدار شده خادمان خود را جمع کرد و دزدان را گرفت
و بست دراز گوش گفت من شهری ام و تو
بیابانی و قدر سرود چه دانی من سرود خوانم کرد
ترا بشنیدن چه میشود القصه دراز گوش سرود
آغاز کرد و باغبان و صاحب خانه بیدار شد و هر دو را
بست
طوطی چون این سخن تمام کرد خجسته را گفت که
ای کدبانو هر که موافق وقت کار نکند چنین بیند تو
همه وقت را نگاهدار و برخیز و زود جانب دوست
خود برو خجسته خواست که برود همان دم خروس آواز کرد
و صبح ظاهر شد رفتن او موقوف گردید

حکایت

"at present it is as unpleasant as the ass's song." Khojisteh asked, "What kind of story is that?"

The parrot said, "They have thus related:—
"Once on a time, an ass had contracted friend-
"ship with an elk, and they grazed together on the
"same spot. One night, in the season of spring,
"the ass and the elk happened to be grazing to-
"gether. All of a sudden the ass was in high
"spirits, and said to the elk, In this delightful
"night, whilst the garden diffuses its sweets, and
"the air scatters musk all around us, if I were to
"sing, how pleasant it would be. The elk said
"to the ass, What discourse are you uttering?
"You may be able to converse about pack-saddles
"and fullers, but your voice is harsh beyond all
"comparison; what business has an ass with sing-
"ing? We have got into this garden by stealth,
"and if you should now begin braying, the gard-
"ner being awakened will call other men to his
"assistance, when you and I shall be made pri-
"soners. Just as when some thieves having got into
"the house of a rich man, found in a corner a

دراز گوش سرود نا خوش نموده بود خجسته پرسید
که چگونه آن قصه بوده است

طوطي گفت چنين گويند که وقتي دراز گوش
با گوزني دوستي داشت و در چراگاه يکجا بودندي
شبي دراز گوش و گوزن در زمان ربيع ميچريدند
ناگاه دراز گوش خوش شد و گفت اي گوزن
در چنين شب خوش که باغ عطر بيز است
و هوا مشک ريز است اگر من سرود نمايم چه خوش
باشد گوزن گفت اي دراز گوش اين چه
سخن است که تو ميگوئي تو سخن از پالان و گاو ربگو
هيچ آواز از آواز تو درشت تر نيست خر را با سرود
چه کار من و تو درين باغ بدزدي آمده ايم اگر تو اين
دم درين باغ در بانگ آئي باغبان بيدار شود و مردمان
ديگر را آواز دهد پس من و تو گرفتار شويم و اين
بدان مانند است که وقتي دزدي چند در خانه
دولت مندي رفتند و در گوشه خانه يک قرابه

پسر

TALE THE THIRTY-FOURTH.

The elk and the afs, who are both taken prifoners.

WHEN the fun was fet, and the moon ap-
peared, Khojifteh went to the parrot to
afk leave, and faid, " Thou, who art the depo-
" fitory of my fecret, I have thus heard, — that
" Omar Abdullah ul Azeez flept neither day nor
" night. They afked him, Why do not you fleep
" at fome *appointed* time? He anfwered, If I
" fhould fleep during the night, God would not
" be worfhipped; and were I to take reft in the
" day time, my fubjects would fuffer; therefore I
" do not take any *regular* reft. O, parrot, I alfo
" am afraid that by obliging my friend, I may
" lofe my hufband; and that if I am faithful to
" him, my lover will be jealous and diffatisfied :
" I therefore wifh to relinquifh both, and con-
" ceal myfelf with the veil of chaftity." The
parrot faid, " Khojifteh, continence is very com-
" mendable; but there is a time for all things;
" at

حکایت سی و چهارم کوزن و یک درازکوش وگرفتارشدن آنها

چون افتاب غروب شد وماه بر آمد خجسته بطلب اجازت بر طوطی رفت وگفت ای محرم رازمن چنین شنیده ام که عمر عبدالعزیز نه در شب خفتی نه در روز اورا گفتندی که چرا وقتی نخسپی گفت اگر در شب خسپم عبادت خدا نشود واگر روز خسپم رعیت خراب شود بنابران نمی خسپم ای طوطی من نیز می ترسم اگر فرمان برداری دوست کنم شوی ازدست رود واگر در عهد شوهر باشم دوست آزرده و رنجیده شود ومیخواهم که ترک هردو کنم ودر پردهٔ عصمت باشم طوطی گفت ای خجسته عصمت مطلوب است اما هرچیز یرا وقتی است درین وقت همچنان ناخوش مینماید که ازان درازگوش

" with the fawn and was drowned. May it pleafe
" your Majefty, from the day he faw fuch inhu-
" manity committed by the doe, he has never men-
" tioned the name of woman. When the queen
" had heard this relation, and perceived that the
" emperor's adventure was fimilar to his own, fhe
" faid to the painter, The emperor's cafe is parallel
" with mine. I from having feen the inhumanity
" of the peacock, forfook the fociety of man;
" whilft he, on viewing the infenfibility of the doe,
" refolved not to mention the name of woman.
" If an alliance could be formed between us, how
" delightful it would be. In fhort, the next day,
" the queen fent an ambaffador to the emperor
" of China, and confented to marry him."

When the parrot had proceeded thus far with
the tale, he obferved to Khojifteh, " My miftrefs,
" you fay you will abandon your friend; if every
" perfon had perfifted in this courfe, the queen
" of Room would not have married the emperor
" of China. Get up now, and be going to your
" friend." Khojifteh wanted to have done fo;
inftantly the cock crowed, and the dawn appear-
ing, her departure was deferred.

TALE

غرق شد اي ملكه ازان روز كه فغفور ازان
ماده اين چنين بي دردي ديد نام زن نميكرد ملكه
چون اين حكايت بشنيد و قصهٔ فغفور همچو قصه
خود ديد گفت اي نقاش احوال پادشاه همچو
حال من مينمايد من بي رحمي طاؤس نر ديده
ترك مرد كردم و او بي دردي مادهٔ آهو ديده نام
زنان نميگيرد اگر ميان ما و او مناكحت شود چه خوش
باشد القصه روز ديگر ملكه رسولي بر فغفور چين
فرستاد و خود را در نكاح او رضا داد طوطي چون اين
حكايت تا اينجا رسانيد باخجسته گفت كه اي كدبانو
تو ميگوئي كه من ترك دوست كنم اگر كسي برا
اين دعوي مستقيم شدي ملكه روم بافغفور چين
شادي نكردي تو نيز برخيز و جانب دوست خود
روان شو خجسته خواست كه همچنان كند در حال
خروس آواز كرد و صبح ظاهر شد رفتن او
موقوف كرديد

حكايت

" be enamoured of your portrait. The emperor
" replied, It will be well. The vizier immediately
" took his leave, and set out for Room, where he
" paſſed himſelf off for a painter. When the queen
" heard of his ſkill, ſhe commanded him to be
" brought, in order that he might exercise his art
" in her palace, and decorate it with as many
" portraits as he was able to delineate. The vizier
" repaired to the queen's palace, and painted the
" emperor's portrait, with the beaſt in the mana-
" gery. The queen on viewing theſe paintings,
" was ſtruck with amazement ; ſhe aſked, Whoſe
" picture is that, and what place is here repreſented ?
" The vizier anſwered, It is the portrait of the
" emperor of China ; this his bull, and theſe are his
" beaſts, deer, and fawns. One day, as the empe-
" ror was ſitting in a balcony belonging to a ſummer
" houſe, a deer brought thither a fawn. Suddenly
" the river overflowed its banks, when the doe,
" not having reſolution to face the water, ſeparated
" herſelf at a diſtance from her young ; that is the
" repreſentation of the female running away ; but
" the buck having more natural affection, ſtaid there

" with

.بر صورت او عاشق شدي او در بيداري بر تو
عاشق شود فغفور گفت نيكو باشد وزير در حال
رخصت شد و بطرف روم رفت و خودرا بنقاشي
مشهور كرد چون ملكه خبر هنرا و شنيد فرمود
كه اورا بياريد تا در خانه من نقش بندي كند و هر صورتيكه
تواند در ايوان من نكارد وزير در ايوان ملكه رفت
و تصوير فغفور و جانوران در كوشكي نقش كرد
ملكه چون آن تصاوير ديد متعجب شد و پرسيد
كه اين تصوير كيست و اين جاي كدام است
وزير گفت تصوير فغفور چين است و اين
كوشك و اين جانوران و آهوان و بچكان او اند
روزي فغفور بر بالاخانه نشسته بود زير منظر
آهوئي بچه آورد اتفاقا سيل دريا در رسيد
مادهٔ اهو تاب آن آب نياورده مانند بي درد از
بچكان جدا شد و آن صورت ماده است كه ميگريزد
ليكن نر از نهايت درد نزديك بچكان ماند و با بچكان
غرق

" with them, and was burnt. When the queen ſaw " this want of feeling in the male, ſhe exclaimed, " Men are very faithleſs, I vow to myſelf never " to ſpeak of a man. Accordingly years have " elapſed, without her having mentioned the name " of a man. When the vizier heard this diſcourſe, " he went to the emperor, and ſaid, From the day " that I drew the picture of the woman whom your " Majeſty ſaw in a dream, I have been ſtationed " on the road, and whenever a traveller arrived " from afar, I aſked him, If he knew ſuch a face. " To-day arrived a traveller, to whom I ſhewed " the picture, and he ſaid, This is the portrait of " the queen of Room. The emperor was highly " pleaſed at this diſcovery, and ſaid, This very " day ſome perſon muſt be ſent to the territory " of Room, to require the queen in marriage for " me. The vizier ſaid, The queen has agreed with " herſelf never to accept of a huſband. The em- " peror aſked, What myſtery is there in this reſo- " lution formed by the queen? The vizier related " as he had heard from the traveller the ſtory of " the peacock. The emperor ſaid, What ought " to be done? The vizier anſwered, If I am " commanded, I myſelf will go, and ſhew her your " picture; and as you fell in love with her ap- " pearance in a dream, ſhe, whilſt awake, will

" be

نزدیک بیضه ماند و سوخت ملکه چون آن نی دردی
نه دید گفت که مردان بسیار بی وفااند من باخود عهد
کردم که نام مرد هرگز نگیرم چنانچه بسا لها شد که
نام مرد نمیگیرد وزیر چون این سخن شنید نزدیک
فغفور رفت و گفت ازان روز که پادشاه صورت را
درخواب دید تصویر آن بر کاغذ نقش کرده در راه
نشسته بودم هر که ازدور میرسید ازو نشان آن صورت
می پرسیدم امروز سیاحی رسید و تصویر آن صورت
بدو نمودم او گفت که این تصویر ملکهٔ روم است
فغفور ازین سخن بسیار خوش شد و گفت
که امروز کسی را طرف روم باید فرستاد که ملکه را
برای ما بخواهد وزیر گفت که ملکه باخود عهد کرده است
که هرگز شوی نخواهد کرد فغفور گفت ملکه را درین
چه رازاست وزیر انچه از سیاح قصهٔ طاوس
شنیده بود بیان نمود فغفور گفت چه باید کرد وزیر گفت اگر
حکم شود من روم و تصویر تو باو نمایم چنانکه درخواب تو
بر صورت

" he described the face, and the vizier drew " the picture. He erected a hermitage on the " high road, where he attended every day; and to " every person who arrived from a distant country " he shewed this picture and asked, Have you seen " or heard of any woman resembling this portrait? " But no person answered in the affirmative. After some time, a traveller came into the hermitage, " to whom the vizier shewed the portrait, and " asked him about it. The traveller said, I know " this face very well, this is the portrait of the " queen of Room; after this, he was lavish in " her praise, and said, with all this beauty she will " not marry. The vizier asked, Do you know " any reason why she does not like to marry? He " answered I do know the reason, which is this: " Once on a time, the queen was sitting in a summer " house, situated in a garden, where, on the top " of a tree, a peahen had deposited her eggs. Suddenly the garden was struck with lightning, which " burnt all the trees: when the flames approaching " that tree, the peacock unable to support the heat " of the fire, inhumanely quitted the nest; but " the hen from her affection for the eggs, remained with

زن تقریر کرد وزیر تصویر آن کشاد و در راه صومعه ساخت همه روز انجا بودي و هر که از راه دور رسیدي آن تصویر زا بدو نمودي و کفتي که شما مثل این تصویر زني دیده اید یا شنیده اید اما هیچ کس نمیکفت بعد مدت سیاحي دران صومعه در آمد وزیر آن تصویر بد و نمود و از و نشان او پرسید سیاح کفت که من این صورت را خوب میدانم این صورت ملکه روم است بعده تعریف او بسیار کرد و کفت که با این همه حسن نام شوهر نمیکیرد وزیر کفت هیچ میداني که او چرا شوهر نمیخواهد کفت میدانم و آن آنست که وقتي ملکه بر منظري نشسته بود همدر ان منظر باغي داشت در ان باغ بالاي درختي طاؤس بیضه نهاده بود ناکاه دران باغ آتش افتاد و همه درخت سوختن کرفت چون آتش نزدیک آن درخت رفت نر طاؤس تاب آتش نیاورده بي شفقت وار از اشیانه بیرون شد ماده از محبت بیضه نزدیک

" single; but, notwithstanding, she had for years " felt an aversion towards man, she at last, took unto " herself a husband." Khojistah asked, " What " kind of a story is this?

The parrot said, " It is thus related:—Once on " a time there was an emperor of China, who had a " wise vizier. One day, when the emperor was " asleep, the vizier having come to consult him on " some affairs of government, awakened him. The " emperor on being roused from his sleep, drew his " sword and pursued the vizier, who fled from his " presence, and escaped into another house. The " emperor smote his hands together, rent his gar- " ments, and uttered exclamations. The ministers " of state said, What has befallen you? He an- " swered, at that juncture, I saw in a dream a " a place where was a woman, surpassing in beauty " all I have ever before beheld. Sometimes she kis- " sed my hands, and sometimes I placed my head " on her feet; at that instant the vizier awakened " me out of the dream. In short, the emperor was " continually contemplating that form. He had " another vizier, who was a skilful limner; to him " he

که سالها از مرد احتراز کرده بود آخر شوي کرد
خجسته پرسید که حکایت او چگونه است

طوطي گفت چنین گویند که وقتي فغفور چین را
وزیري بود دانا روزي فغفور چین درخواب
بود آن وقت وزیر براي مصلحت ملکي بیامد و
فغفور را بیدار کرد فغفور چون بیدار شد تیغ
برکشید و دنبال وزیر کرد وزیر از پیش او گریخت
وخود را در خانه دیگر افکند فغفور دست بزد
و جامه بدرید و غوغا کرد ارکان دولت گفتند
که ترا چه شده است گفت که مرا این لحظه درخواب
جاي نمود درانجا زني را دیدم که گاهي چنین زن
خوبصورت ندیده بودم گاهي او بر دست من
بوسه میداد و گاهي من سرخود درپاي او مي‌نهادم
درین اثنا وزیر مرا از خواب بیدار کرد القصه فغفور
همه وقت آن صورت را یاد میکرد و او را وزیري
دیگر نقاش پیشه بود فغفور چنانچه صورت آن
زن

" fire? Now arife quickly, and go to your lover."
Khojifteh wanted to have gone: at that inftant
the cock crowed, and the dawn appearing, her
departure was deferred.

TALE THE THIRTY-THIRD.

*The Emperor of China, in a dream falls in love with the
Queen of Room.*

WHEN the fun had fet, and the moon was
rifen, Khojifteh, full of thought, went to
the parrot, and faid, " O thou, who art my affo-
" ciate, I have heard that fome one afked a great
" man, What is love? He anfwered, love is a
" kind of death in the midft of life. Now this
" fame love, which is my occupation, is arrived
" at fuch a pitch, that I wifh to relinquifh it alto-
" gether, and not even to mention the word love
" in future." The parrot faid, " O, Khojiftah,
" there is a wide difference between fpeaking and
" acting. What relation hath love with patience;
" and can the lover exift without the miftrefs? If
" a woman could live continued unconnected with
" man, then the queen of Room had remained
" fingle

بر خیز و جانب معشوق برو خجسته خواست که برود همان دم خروس آواز کرد و صبح ظاهر شد رفتن او موقوف گردید

حکایت سي و سیوم فغفور چین و عاشق شدن او بخواب بر ملکه روم

چون آفتاب غروب شد و ماه طلوع نمود خجسته متفکر بر طوطي رفت و گفت اي رفیق شنیده ام که یکي از بزرگان پرسید که عشق چیست گفت عشق مرگي است در زیست اکنون این عشق کار من بجائي رسانیده که آینده ترک عشق میخواهم که بگیرم و نام عشق نبرم طوطي گفت اي خجسته از گفتن و کردن بسیار تفاوت است عشق را با صبر چه نسبت و عاشق بي معشوق چگونه زید اگر زن بي مرد ماندي ملکه بي شوي بودي هر چند

که

" approach the elephant's ear, and vex him with
" a continual gentle buzzing; and when he is
" furious, the bird with the long bill ſhall apply
" the point of his beak to the elephant's eyes,
" and pluck them both out; and turn his light
" in this world into darkneſs. Some days after-
" wards, when he is tormented with thirſt, I will
" get before him, and begin croaking; he will
" know my voice, and ſay to himſelf, There muſt
" be water in a place where there are frogs: Then
" following me, he ſhall plunge into ſuch a place
" that he ſhall not be able to get out of it ; and
" as no one ſhall hear his cry, after ſtriving
" ſome days, he will die of himſelf. Thus they
" acted, and by art and ſtratagem killed the ele-
" phant."

The parrot having brought the tale to this part,
ſaid to Khojiſteh, " Two or three feeble animals
" formed a reſolution, and deſtroyed ſuch a mighty
" elephant. We two perſons, with our reſolu-
" tions, how can we fail accompliſhing our de-

O o   " ſire ?

و آن اینست که زنبور نزدیک گوش پیل رود و
ورا از آواز نرم خود مست کند چون پیل مست شود
مرغ دراز نوک بنوک منقار خود هر دو چشم او
بر کشد و جهان روشن براو تاریک سازد
چون چند روز بگذرد و تشنگی برو غالب شود من
بیایم و پیش او آواز کنم او آواز من
بشناسد و در دل خود گوید که غوک جائیکه بود آنجا آب
باشد پس دنبال من روان شود من او را بجائی
افکنم که از انجا برخاستن نتواند و آواز او کسی
نشنود و چند روز فاقه کشیده از خود هلاک شود
پس انها همچنان کردند و پیل را بحیله و فریب
هلاک ساختند

چون طوطی این حکایت تا اینجا رسانیده خجسته را گفت
که دو سه جانور ضعیف همت بستند و آن چنان
پیل را هلاک نمودند ما دو کس همت می بندیم
چون است که غرض حاصل نشود و حالا زود

بر خیز

" powerful enemy muſt be ſubdued by art and
" ſtratagem. She had a friend, another bird, called
" the Long-bill, to whom ſhe repaired, and ma-
" king her complaint, ſaid, An elephant has op-
" preſſed me; contrive ſome ſtratagem to revenge
" me on him; for friends are ſerviceable to us
" when we are labouring under misfortunes. The
" bird ſaid, It is an arduous undertaking to war
" with an elephant, and without aſſiſtance cannot
" ſucceed. I have a friend, a bee; who is re-
" markable for his wiſdom; him I will conſult.
" They accordingly went together to the bee, and
" ſet forth all the circumſtances. When he heard
" the caſe, he expreſſed his apprehenſions, and
" ſaid, I have long devoted myſelf to the ſervice
" of my friends; however, out of ſincere regard,
" I wiſh that this ſtory may be told to the gene-
" ral of the army of frogs. Thereupon the Sáweh
" the bee, and the long-bill, all three went toge-
" ther to the frog; they acquainted him with the
" particulars, and intreated his aſſiſtance. The frog
" expreſſed great concern at the deſtruction of the
" eggs; and ſaid, Make your mind eaſy; for by
" art even a mountain may be levelled. The
" frog added, There now occurs to my
" mind a ſtratagem whereby the elephant may
" be overcome; and which is this: Let the bee
mind

بمکر و حیله دفع باید کرد صعوه را دوستی بود که اورا
مرغ دراز نوک گفتندي براو رفت و قصهٔ خود
باز نمود و گفت که پیلی برمن تعدي کرده است
حیلهٔ بکن و تدبیری بسازو انتقام من از و بخواه
که دوستان بمصیبت بکار آیند مرغ گفت
مهم پیل سخت کاریست از تنها راست نیاید
مرا دوستی است زنبور بغایت دانا با او مشورت
بکنم پس آنها پیش زنبور رفتند و احوال را ظاهر
نمودند زنبور چون این قصه شنید ترسید و گفت
که مدت است که درکار دوستان کمر بسته ام امامرا
دوستی است سردار لشکر غوک این قصه با و
باز باید کرد پس صعوه و زنبور و دراز نوک هرسه
بر غوک رفتند و احوال باز نمودند و از و مدد خواستند
غوک بر شکستن بیضه بسیار تاسف کرد و گفت که خاطر
جمعدارید بحیله کوه را پست توان ساخت پس غوک
گفت که براي دفع پیل حیلهٔ در خاطر میگذرد
و آن

" mind, exert our joint endeavours, yet they pro- " duce no effect. I know not why my stars are " so unpropitious." The parrot replied, " Know " you not, madam, that once on a time a frog, " a bee, and a bird, by means of their unanimi- " ty, vanquished an elephant, the most tremendous " of all beasts: how is it, then, that our joint " exertions cannot effect our purpose?" Khojisteh desiring to know the story,

The parrot began, " In a certain city was a " tree resembling a round umbrella; wherein an " innoffensive Sáweh* had laid her eggs. One day " an elephant came there, and began scrubbing his " body against the trunk of the tree, and from the " violence of the shock, the eggs fell out of the " tree. The poor sáweh fluttered about, in great " perturbation, beat herself against the branches, " and wept; but what can a flea do in opposition " to an elephant? The Sáweh said to herself, A

* A little bird, resembling a sparrow, with a red head.

" powerful

من و تو یک دل شده کوشش و جهد میکنم لیکن هیچ کار بر نمي آید ندانم که بخت من چرا این چنین نحس شده طوطي گفت که اي خاتون من نمیداني که وقتي غوکي و زنبوري و مرغي یکدل شده بودند و پیلي را که مهیب ترین جانوران است از پا در آوردند چگونه و چو نست که از من و تو کاري بر نمي اید خجسته پرسید که حکایت ان چگونه است

طوطي گفتن آغاز کرد که در شهري درختي بود چون چتر مدور در ان درخت صعوه ضعیف بیضه نهاده بود روزي پیلي در انجا رسید و تن خود را با تنه درخت خاریدن گرفت و از آسیب زور آن بیضه از درخت بیفتاد صعوه بیچاره از غایت اضطراب مي پرید و خود را بدان شاخ میزد و میگریست لیکن پشه با پیل چه کند صعوه با خود گفت که دشمن قویرا

مکر

" chief has enſued. The magiſtrate ſent for the " merchant, and aſked, What is it that this bar-" ber ſaith? The merchant replied, He was my " ſervant, and ſome days ago went out of his " mind. The magiſtrate gave credit to the mer-" chant's aſſertion, and drove away the barber."

The parrot, having finiſhed this ſtory, ſaid to Khojiſteh, " Now ariſe." She ſtood up, and was inclined to go, when the cock crowed, and the dawn appearing, her departure was delayed.

TALE THE THIRTY-SECOND.

The frog, the bee, and the bird, who killed the elephant.

WHEN the ſun was ſunk into the weſt, and moonſhine appeared, Khojiſteh went to the parrot, and aſked leave, The parrot ſaid, " Re-" joice, my miſtreſs; be not in the leaſt thought-" ful. I will moſt undoubtedly exert myſelf in " your buſineſs, and bring about your meeting with " your lover." Khojiſteh anſwered, " O, thou " greencoat! notwithſtanding you and I, with one

بلکه فتنه واقع شد حاکم آن بازرگان را طلبید و گفت
این حجام چه میگوید بازرکان گفت این نوکر من
بود از چند روز دیوانه گردید حاکم سخن بازرکان
را باور کرد و حجام را راند

طوطی چون این حکایت تمام کرد حجسته را گفت
حالا برخیز حجسته برخاست و عزم رفتن نمود در حال
خروس آواز کرد و صبح ظاهر شد در رفتن او موقوف
گردید

حکایت سی و دوم یک غوک و زنبور و مرغ که پیل را کشته بودند

چون آفتاب در مغرب رفت و ماه تاب ظاهر شد
حجسته بر طوطی رفت و رخصت خواست طوطی گفت
که ای کدبانو شاد باش و هیچ نوکر ممکن در کار تو
البته سعی خواهم کرد و ترا بمحبوب تو خواهم
رسانید حجسته گفت که ای سبز پوش هر چند من

" the merchant's beard; at which time a brahmin
" arrived. The merchant got up, and with a ſtick
" ſtruck the brahmin ſeveral times on the head;
" who fell on the ground, and was changed into
" gold. The merchant gave the barber ſome ru-
" pees, and ſaid, Tell not this *adventure* to any
" one. The barber concluded, that upon any per-
" ſon ſtriking with a ſtick a brahmin, he would
" be turned into gold. The barber went to his
" own houſe, when he invited ſeveral brahmins,
" and gave a feaſt. After which he took up a
" heavy ſtick, and repeatedly belaboured the brah-
" mins on their heads, in ſuch a manner, that
" their pates were broken, and blood flowed. The
" brahmins began to vociforate their complaints,
" which brought together a crowd of people, who
" dragged the barber before the magiſtrate. The
" judge aſked him, Why did you beat the brah-
" mins? He anſwered, Becauſe when I was at
" the houſe of a certain merchant, a brahmin
" entered; to whom the merchant gave ſeveral
" blows on the head with a ſtick; whereupon he
" was changed into gold; and I therefore ſuppo-
" ed that on any perſon beating a brahmin with
" a ſtick, he would thereby be turned into gold:
" Covetous of this gain, I alſo beat the brah-
" mins: Not one is changed into gold; but miſ-

N n   " chief

حجامي در ريش بازرگان حجامت ميكرد آنوقت
برهمن رسيد بازرگان برخاست و چند بار چوب
بر سر برهمن زد او بر زمين افتاد و زر گرديد بازرگان
حجام را چند روپيه داد و گفت اين با كسي مگو
حجام پنداشت كه هركه برهمن را چوب ميزند برهمن
زر ميگردد حجام در خانه خود رفت و چند برهمن را
بخانهٔ خود طلبيد و ضيافت كرد بعد ان چوبي
گران بر گرفت و بر سر برهمنان چنان زد كه سرهاي آنها
شكست و خون روان شد برهمنان شور و فرياد
آغاز كردند مردمان بسيار جمع شدند و حجام را
پيش حاكم بردند حاكم او را پرسيد كه چرا برهمنانرا
زدي گفت كه من در خانهٔ فلان بازرگان رفته
بودم برهمني پيش او آمد بازرگان چند چوب
بر سر او زد برهمن زر گرديد پنداشته بودم كه
اگر كسي برهمن را چوب بزند برهمن زر ميشود
ازين طمع من نيز برهمنانرا زدم كسي زر نگرديد

بلكه

brocade, ornamented her ears and neck with gold and jewels, and went to the parrot, to ask leave, saying, "I want to go to my lover at midnight; "now tell a short story."

The parrot said, "In a certain city was an "opulent merchant, who had not any child. One "day he said to himself, I have amassed a great "quantity of riches in this world, but have not "any child to possess my wealth at my decease; "it is advisable for me to dispose of all my "property amongst derveishes, the poor, and orphans. In short, he gave away all his property "in charity. That very night, in a dream, "he saw a person to whom he said, Who "art thou? The vision answered, I am the "archetype of your destiny: Forasmuch as you "have this day disposed of all your riches amonst the poor without having reserved any part to yourself, I will visit you "to-morrow under the semblance of a brahmin, "when do you strike me several blows on the "head, with a stick; on which I will fall to "the ground, and be converted into gold; whatever member you may require, cut it off, and "immediately its place will be supplied with another limb. The next day a barber was shaving

"the

وگوشش وگردن از زر وزیور آراست و بطلب اجازت بر طوطي رفت وگفت ميخواهم كه وقت نيم شب پيش محبوب بروم اينوقت حكايت مختصر بگو

طوطي گفت كه در شهري بازرگاني بود مالدار فرزندي نداشت روزي با خود گفت كه من در جهان مال بسيار جمع كرده ام اما فرزندي ندارم كه بعد مردن من دولت بگيرد مصلحت آنست كه همه مال خود بدرويشان ومفلسان ويتيمان دهم القصه همه مال خيرات كرد همان شب شخصي را بخواب ديد پرسيد كيستي گفت كه من صورت اصل بخت توام چون امروز همه مال خود بدرويشان دادي وهيچ براي خود نداشتي من فردا بصورت برهمن پيش تو خواهم امد آنوقت چند بار چوب بر سر من خواهي زد بر زمين خواهم افتاد وزر خواهم شد هر عضوي كه بخواهي تراشي درحال عضوي ديگر آنجا درست خواهد شد روز ديگر

حجامي

" with the two perfons who had been in the
" cheft, afked the latter what converfation the
" goldfmith had with his wife the preceding night?
" They related to the cazy, whatever they had
" heard. The cazy fent his own men to the
" goldfmith's houfe, and defcribed the fpot where
" the purfe of money had been put, and on dig-
" ing up the ground, they found it, and brought
" it to the cazy. He reftored the purfe to the
" foldier, and hanged the goldfmith on a gibbet."

The parrot, having finifhed this ftory, faid to
Khojifteh, " If the goldfmith had not told the
" fecret to his own wife, it would not have been
" difcovered. Now arife, and go to your lover."
Kojifteh ftood up; inftantly the cock crowed, and the
dawn appearing, her departure was deferred.

TALE THE THIRTY-FIRST.

Of the merchant; and the barber's beating the brahmins.

WHEN the fun went into the weftern fide,
and the moon got up, and the ftars ap-
peared, Khojifteh having put on apparel of gold
brocade,

در صندوق بودند پرسید که زرگر با زن خود بشب چه گفت آنها هرچه شنیده بودند با قاضي گفتند قاضي مردمان خود را بخانه زرگر فرستاد و آنجاي که کیسه زر نهاده بود نشان داد چون زمین را کندند کیسه زر یافتند و پیش قاضي بردند قاضي آن کیسه زر را بسپاهي داد و زرگر را بر دار کشید

طوطي چون این حکایت تمام کرد خجسته را گفت که اگر زرگر با زن خود راز نمیگفت فاش نمي شد حالا برخیز و پیش معشوق برو خجسته خواست که برود در حال خروس آواز کرد و صبح نمود شد رفتن او موقوف گردید

حکایت سي ویکم یک تاجر و زدن حجام برهمنان را

چون خورشید سمت مغرب رفت و ماه طلوع کرد و ستارگان بر آمدند خجسته پارچه زر بفت پوشید و گوش

" aſked him, Have you any perſon as a witneſs?
" He anſwered, No. The cazy thought to him-
" ſelf, Goldſmiths are a faithleſs ſet of people,
" and thieves; ſo that it is not at all improbable
" but he may have ſtolen the money. In ſhort,
" the cazy ſent for the goldſmith and his wife;
" but to all his interrogations they would not con-
" feſs. The cazy ſaid to them, I know very
" well that you have taken the money; if you
" do not reſtore it, I will ſend you to hell.—
" Then the cazy entered the houſe, and concealed
" two perſons in a cheſt placed in one of the
" chambers. After ſo doing, he came out, and
" again ſaid to the goldſmith, If you do not
" conſent to reſtore his money, to-morrow I will
" put you to death. He then gave orders that
" the goldſmith and his wife ſhould be ſhut up
" together in that chamber. At midnight the wo-
" man ſaid to the goldſmith, If you did take
" this money, tell me where you have put it.—
" The goldſmith ſaid, In ſuch a place, I put it
" into the ground. In ſhort, when the night was
" ended, and the ſun roſe, the cazy ſent for the
" goldſmith and his wife, and confronting them

رفت و احوال خود ظاهر کرد قاضي پرسید کسي
گواه داري گفت نه قاضي بادل خود گفت که قوم
زرگران بسیار بي ایمان و دزد میشود هیچ عجب
نیست که او دزدیده باشد القصه قاضي زرگر
وزن زرگر را طلبید و هرچند پرسید آنها اقرار
نکردند قاضي او را گفت که من خوب میدانم که
زر را او گرفته اگر نمیدهي ترا بجهنم خواهم فرستاد
پس قاضي درون خانه رفت و در صندوقي دو
شخص را نشاند و آن صندوق را دریک حجره نهاد
بعد از ان بیرو آمد و باز زرگر را گفت که اگر زر را و
دادن قبول نمیکني فردا ترا خواهم کشت پس او را
با زن او در ان حجره بند فرمود زن وقت نیم شب
زرگر را گفت که تو اگر زر او گرفته مرا بگو که کجا
نهاده زرگر گفت در فلان جاي زیر زمین نهاده ام
القصه چون شب گذشت و آفتاب برامد قاضي
زرگر و زن او را طلبید و رو بروي او از ان دو شخص که

در صندوق

" cret, make a ſign for me to go." The parrot ſaid, " Keep in remembrance a maxim of mine, " —Not to tell one's ſecret to any one;—otherwiſe " it will be diſcovered, juſt as the goldſmith's ſe- " cret was found out." Khojiſteh aſked, " What " is his ſtory?"

The parrot began, " In a certain city was a " wealthy goldſmith. A ſoldier thought him his " friend, and believed him ſincerely attached to his " intereſt. One day the ſoldier found on the road " a purſe full of money, and having opened it, " counted two hundred and fifty gold mohurs.— " The ſoldier carried the mohurs to the goldſmith, " and rejoicing ſaid, I am very fortunate, that " without labour I have found this ſum of money " on the highway. He then gave all the money " in charge to the goldſmith. Some days after, " the ſoldier wanted his own money. The gold- " ſmith ſaid, You tell a falſehood; when did you " entruſt your money to me? I imagined you my " friend, not knowing you to be ſuch an enemy; " you want to get money by fraud. The ſoldier " having no alternative, went to the cazy; who

محرم راز اشارت کن تا برو م طوطي گفت که يک نصيحت من ياد دار که با کسي راز خود مگو وگرنه راز تو فاش خواهد شد چنانکه راز زرگري فاش شد خجسته پرسيد حکايت او چگونه است

طوطي آغاز کرد که در شهري زرگري بود مالدار يک سپاهي او را دوست خود مي پنداشت و بدوستي او اعتماد داشت روزي سپاهي مذکور در راه کيسهٔ پر از زر يافت و او را گشاد و شمرد دو صد و پنجاه اشرفي بود سپاهي مع اشرفي پيش زرگر شادان رفت و گفت بخت نيکو دارم که بي محنت اين قدر زر در راه يافتم پس آن همه زر بزرگر سپرد بعد چند روز سپاهي زر خود خواست زرگر گفت دروغ ميگوئي مرا کي حواله کردي ترا دوست خود دانستم ونميدانستم که اين چنين دشمن هستي ميخواهي که بدروغ زر از من بگيري سپاهي لاچار شده نزد قاضي رفت

" hear one word of mine,—Be pleaſed to give me " leave." The parrot ſaid, " Ariſe, and delay not, " and go to your lover; for that is my wiſh." Khojiſteh ſtood up, and ſet out. The cock crowed: " Khojiſteh abuſed the cock, and coming again to the parrot, ſaid, " Now that day has appeared, it " is not a time for me to go." In ſhort, this night alſo her departure was deferred.

TALE THE THIRTIETH.

The ſoldier and the goldſmith, the latter of whom loſt his life from the love of money.

WHEN the ſun ſunk into the weſtern quarter, and it was evening, the ſtars appeared Khojiſteh eat ſome fruit; ſhe combed her hair, and having applied collyrium to her eyes, put on fine apparel, and bedecked her ears and neck with gold and jewels, and then went to the parrot, to aſk leave, ſaying, " O, thou poſſeſſor of my ſecret,

یک سخن من بشنو تو مرا بخوشي خود رخصت کن طوطي گفت برخیز و توقف مکن و بمعشوق خود برس که خوشي من همین است خجسته برخاست و روانه شد که خروس آواز کرد خجسته خروس را دشنام گویان باز نزد طوطي آمد و گفت حالا صبح ظاهر شد وقت رفتن نیست القصه آن شب هم رفتن او موقوف گردید

حکایت سیم یک سپاهي و زرگر و کشته شدن زرگر جهة مال

چون خورشید بسمت مغرب رفت و شام گردید و ستاره برآمد خجسته قدري میوه بخورد و موي را شانه کرد و سرمه در چشم کشیده پوشاک خوب پوشیده از زر و زیور گوش و گردن آراسته بطالب اجازت پیش طوطي رفت و گفت اي محرم

"You are an egregious blockhead to have had "reliance on me, and out of compassion to have "admitted me into your sleeve. The nobleman "said to the snake, I have done good to you, why "want you to render me evil? The snake replied, "The sages have said, It is not right to do good "to every person. The nobleman in his own "mind was frightened, and repented of what he "had done, and thought to himself, By what "means can I deliver my life from his designs, "and get him out of my sleeve? He was prompt "in the business, and said to the snake, Another "of your species is coming here; lay our matter "before him, and if he approves of your senti- "ments, then treat me as you please. Hereupon "the snake turned his head, in order to look at "the other, when the nobleman seizing the op- "portunity, struck a stone against the snake's head, "and killed it."

When Khojisteh had heard the story to the end, she said to the parrot, "I approve of your ex- "hortation, and have listened to your tale; now

"hear

نمیدا نی که من دشمن توام تو سخت احمق هستی که بر من اعتماد کردی و رحم نمودهٔ مرا با ستین خود جا دادی امیر گفت ای ماربا تو نیکی کرده ام چرا با من بدی کردن می خواهی ما ر گفت که خرد مند ان گفته اند که با هر کس نیکی کردن خوب نیست امیر در دل خود ترسید و پشیمان گردید ودر دل خود اندیشید که الحال چگونه از دست او جان بر شوم و این را از آستین بیرون کنم چستی بکار برد و مار را گفت ای مارماری دیگر می آید من و تو این سخن را پیش این مار اظهار کنیم اگر این سخن تو پسند کند پس هرچه خواهی با من بکن مار چون روی خود گردانید و بطرف مار دیگر دید فی الحال امیر قا بو یا فته سنگی بر سر مار زد و آنرا کشت

خجسته چون این حکایت تمام مشنید طوطی را گفت که نصیحت تو قبول کردم و حکایت تو شنیدم حالا یک

" has befallen you. Now arise, and go to your
" lover; but place no confidence in an enemy;
" otherwise you must meet with the same return
" as the nobleman experienced from the snake."
Khojisteh asked, " What is the nature of the story?"

The parrot began, " One day, as a nobleman
" was hunting, a frightened snake came to him,
" and said, O, my lord, allow me to conceal
" myself in some place. The nobleman asked,
" Why are you afraid. He said, An enemy with
" a stick is pursuing me, to kill me. The noble-
" man pitied the snake, and admitted him into
" his own sleeve, where he lay concealed· An
" instant after, a person with a stick came to the
" spot, and said, A black snake escaped from me,
" and ran this way,—has any body seen it? The
" nobleman answered, No. The man, with the
" stick in his hand, looked about; but not seeing
" the snake, went his way. The nobleman said
" to the snake, Your enemy is departed; do you
" also go your own way. The snake answered,
" I will bite and kill you; after which I will
" go: know you not that I am your enemy?

" You

چگونه است حالا برخیز و جانب معشوق خود برو لیکن باید که بر دشمن اعتماد نکني و گرنه همان خواهي دید که امیري از مار دید خجسته پرسید که آن حکایت چگونه است

طوطي آغاز کرد که روزي امیري بشکار رفت ناگاه ماري ترسان پیش او رسید و گفت اي امیر مرا جا بده که پنهان شوم امیر گفت چرا ترسان هستي گفت که دشمن براي کشتن من چوبي گرفته دنبال من مي اید امیر بر مار رحم نمود و در استین خود او را جاي داد مار در استین امیر پنهان شد بعد یک لحظه مردي با چوب انجا رسید و گفت که ماري سیاه از پیش من گریخته آمده اینجا کسي او را دیده است امیر گفت نه آن مرد چپ و راست نظر کرد مار را ندید راه خود پیش گرفت امیر گفت اي مار دشمن تو رفت اکنون تو نیز راه خود پیش گیر مار گفت که ترا خواهم گزید و خواهم کشت بعد ازان خواهم رفت نمیداني

TALE THE TWENTY-NINTH.

The nobleman who concealed a ſnake in his ſleeve.

WHEN the ſun went to the weſtern quarter, and the moon appeared above the eaſtern horizon, Khojiſteh, whoſe eyes were full of tears, repaired to the parrot, and ſaid, " My heart is conſumed with " the fire of love; to-night, by all means, I will go " to my ſweet-heart." When the parrot ſaw that Khojiſteh was particularly anxious this night to go to her lover, he was alarmed, and after conſidering with himſelf, ſaid, " My miſtreſs, I wiſh to God " to ſend you quickly to your lover, and every " night I give you leave! but you yourſelf create " delay, and are not able to go; I know not what

حکایت بیست و نهم یک امیر و پنهان داشتن مار در آستین خود

چون خورشید سمت مغرب رفت و ماه از افق مشرق بر آمد خجسته پر از اشک چشم بر طوطي رفت و گفت که از آتش عشق دل من کباب شده است امشب بهر صورت بر محبوب خواهم رفت طوطي چون خجسته را دید که امشب او براي رفتن بسیار اضطراب دارد ترسید و با خود اندیشید و گفت که اي کد بانو من از خدا میخواهم که تو جلد بمعشوق خود برسي و هر شب ترا رخصت میدهم لیکن تو خود توقف میکني و رفتن نمیتواني نمیدانم که بخت تو چگونه است

" and ſupply the place of its mother. The lion
" replied, It is well. A month or two after this,
" the lion's whelps and the young jackal, all
" three were increaſed in ſize. The lion's whelps
" imagined the young jackal was their brother,
" and they played together as ſuch. One day theſe
" three young ones went to hunt together, and
" ſaw an elephant. The young jackal fled from
" the place, and hid himſelf under a tree. The
" lion whelps, on ſeeing their elder brother run
" away, fled alſo. An hour after, all the young
" ones came home together, and told their adven-
" ture to the lioneſs; who then obſerved, He is
" the cub of a jackal, how ſhould he be valiant!
" and what does he know of war?"

The parrot having finiſhed this ſtory, ſaid to Khojiſteh, " Stand up now, and go to your lover." Khojiſteh wanted to have gone: immediately the cock crowed, and dawn appearing, her departure was deferred.

مادران بدارم شیر گفت نیکو است بعد یک
دو ماه بچگان شیر و بچه شغال هر سه اندک
بزرک و کلان شدند شیر بچگان بچهٔ شغال را
برادر بزرک خود می پنداشتند و همچو برادران
باهم بازي میکردند روزي هر سه بچگان بشکار
رفتند و پیلي را دیدند بچگان شیر طرف پیل دویدند
و بچهٔ شغال از انجا گریخت و زیر درختي پنهان شد
شیر بچگان چون برادر بزرک را گریزان دیدند
آنها هم گریختند بعد یک ساعت همه بچگان
بخانه آمدند احوال خود ها با مادر گفتند مادر گفت
که او بچهٔ شغال است بهادر چگونه شود و کار
جنگ چه داند

طوطي چون این حکایت تمام کرد خجسته را گفت
حالا برخیز و پیش محبوب خود برو خجسته خواست که
برود در حال خروس آواز کرد و صبح ظاهر شد
رفتن او موقوف کردید

حکایت

" friend of mine, was flying, freing me in the
" cage, he approached me, and from him I heard
" a tale fimilar to that I related to you laft night."
Khojifteh afked, " What is the nature of it ?"

  The parrot began, " Once on a time, a lion
" dwelt in a defert, along with his female and
" two whelps. One day he roamed about the
" woods and thickets, in queft of game, but not-
" withftanding all his fearch and labour, not being
" able to find any thing, was returning towards his
" own den; when he faw lying on the ground a
" jackal cub, only a few days old: he took it
" up and brought it to the lionefs, faying to her,
" This is all the game I have picked up to-day;
" I cannot find it in my heart to eat it; I can
" faft one or two days, but you are not able to
" do fo; therefore eat this. The lionefs anfwered,
" You are a male, whofe heart is hard and void
" of compaffion, yet will not eat it; how then
" can I, who am a female with two young ones,
" and have a tender heart, devour it? Nay, if,
" you command me, I will nourifh this orphan
                                   " and

من مي پريد و چون مرا در قفس ديد نزد من آمد
حکايتي از و شنيدم همچو آن حکايت که وي شب
با تو تقرير کردم خجسته پرسيد چگونه است
طوطي گفتن گرفت که وقتي در بياباني شيري
با ماده و دو بچهٔ خود ميماند روزي شير در اطراف
وادي و جنگل براي شکار ميگرديد هر چند تلاش
نمود و محنت بسيار کشيد هيچ شکار نيافت چون
طرف خانهٔ خود مراجعت نمود بچهٔ شغال چندروزه
در راه افتاده ديد آنرا بر گرفت و پيش مادهٔ خود آورد
و گفت امروز همين شکار يافته ام دل من اين را
خوردن نميخواهد و من يکدو روز گرسنه مي توانم
ماند ليکن تو نمي تواني حالا اين را تناول کن ماده
گفت تو نر هستي و سخت دل و بي رحم تاهم او را
نميخوري من که ماده ام و دو بچه ميدارم و نرم دل
هستم اين را چگونه خورم ليکن اگر فرمائي اين
يتيم را پرورش کنم و اين بي مادر را همچو

مادران

The parrot having finifhed the tale, faid to Khojifteh, " Don't take a flave along with you, " but go alone, for no good actions can proceed " from mean perfons." Khojifteh wanted to have gone unattended : inftantly the cock crowed, and dawn appearing, her departure was deferred.

TALE THE TWENTY-EIGHTH.

The lion and his whelps, and how he foflered a young jackal.

WHEN the fun went to the weftern quarter, Khojifteh, arrayed in man's apparel, repaired to the parrot, to afk leave. The parrot laughed heartily, at feeing Khojifteh dreffed in man's clothes, and faid to her, " As this is a dark night, " you have done well in putting on man's clothes, " and coming alone, inftead of bringing the flave " along with you. To-day, as a parrot, an old

K k 2

" friend

طوطی چون این حکایت تمام کرد خجسته را گفت که
که غلام را همراه مبر بالکه تنها برو زیرا که از کمینه قوم
هیچ کار خوب نشود خجسته خواست که تنها برود
درحال خروس آواز کرد و صبح ظاهر شد
رفتن او موقوف گردید

حکایت بیست وهشتم شیر و بچکان او و پرورش کردن او بچه شغال را

چون خورشید سمت مغرب رفت خجسته لباس مردانه
پوشیده بطلب اجازت بر طوطی رفت طوطی
چون خجسته را لباس مردانه دید بسیار خندید و با او
گفتن گرفت که امشب تاریک است خوب
کردی که لباس مردانه پوشیدهٔ و تنها آمدهٔ و غلام
را همراه نه آوردی امروز یک طوطی دوست قدیم
من

" body. The cuts on his face were cured in a " short time, but the wounds in his body left such " marks, that they resembled the scars of a sword, " or an arrow. A famine happening in the pot- " ter's town, he was obliged to go to another place " in quest of service. The king of that country " seeing such kind of scars on the potter's body, " he thought, this must be some valiant man to " have put himself in the way of receiving such " wonnds: thereupon the king engaged him, and " exalted him to high rank. A few days after, " the king was engaged in a war, and made the potter " commander of his forces; and designed to send him " to oppose the enemy. The potter being terrified " fell sick, and said to the king, I am a potter, " and shall never be able to perform military duty. " The king laughed very heatily, but within himself " was ashamed; and he sent another person to con- " duct the war."

و روي و اندام او مجروح گرديد بعد از مدت آن
زخمها رو به بهي آورد ليكن زخمهاي كه بر بدن شده
بود نشانهاي او چنان مفهوم و معلوم ميشد كه زخم
شمشير است يا تير اتفاقاً قحط در شهر كلال افتاد
ازان سبب كلال بسفر رفت و نوكري خواست
و بشهر ديگر رسيد چون پادشاه آن ملك بدان
قسم زخمها بر بدن كلال بديد پنداشت كه اين مرد
بسيار شجاع است ازين باعث چنين زخمها بر خود
گرفته است پس پادشاه او را نوكر داشت و مرتبه
او زياده فرمود بعد چند روز پادشاه را مهمي پيش
آمد پادشاه آن كلال را سردار فوج خود ساخت
و خواست كه او را براي جنگ دشمن بفرستد كلال
ترسيد و بيمار گرديد و از پادشاه عرض كرد كه من
كلال هستم از من انجام كار جنگ نخواهد شد
پادشاه بسيار خنديد و در دل خود شرمنده شد
و دران مهم ديگري را فرستاد

" turned, I come to you, in hopes of obtaining " ſome money, and not to conſult you on a point " of law.—Thus do you recount to me maxims " and fables, when I come merely to aſk permiſ- " ſion to viſit my lover, not to hear advice, and " liſten to ſtories." The parrot ſaid, " Be not " uneaſy at my words and exhortations, ſince the " advice of a friendly monitor is ſerviceable for this " world as well as for the next." Khojiſteh re- joined, " O, parrot! I liſten to every advice that " you give me—to-night being dark I am afraid to " go alone, and want to take my own ſlave along " with me." The parrot ſaid, " A ſlave is a menial " ſervant, not fit to accompany you; for the ſages " have ſaid, that no reliancc ought to be placed on " thoſe of low degree. Have not you heard the " ſtory of the potter?" Khojiſteh aſked, " What " kind of ſtoıy is this?

The parrot ſaid, " One day a potter having " drank a quantity of liquor was intoxicated, and " falling over the pots and pans, cut his face and " body.

اعرابي گفت که من پیش شما براي خواستن چیزي زر آمده ام نه براي پرسدن فتوي اي طوطي من هر شب پیش تو مي آیم و تو کلمات و حکایات بامن تقریر میکني صرف بطلب رخصت مي آیم نه براي شنیدن نصیحت و حکایت طوطي گفت که از سخن نصیحت من دلتنگ مشو زیرا که در هر دو جهان سخنان نصیحت ناصحان بکار مي آید خجسته گفت که اي طوطي هر نصیحت که مرا میگوئي مي شنوم امشب که تاریک است تنها رفتن مي ترسم و میخواهم که غلام خود را همراه خود ببرم

طوطي گفت که غلام کمینه است لایق همراه بردن نیست زیرا که خردمندان گفته اند که بر قوم کمینه اعتماد نباید کرد حکایت آن کلال نشنیده خجسته پرسید که آن حکایت چگونه است

طوطي گفت که روزي کلالي مي بسیار نوشیده و مست شده بر لوزه و قرابه هاي سفالینه مي در افتاد

و

" The parrot, having finiſhed this ſtory, ſaid to Khojiſteh, " It is not adviſable for you to reſtrain " your paſſion; ariſe, and have an interview with " your lover, or elſe you, like the king, will ſuf- " fer in your health." Khojiſteh wanted to have gone; inſtantly the cock crowed, and dawn appearing, her departure was deferred.

TALE THE TWENTY-SEVENTH.

The potter, who is taken into the ſervice of a king, and made general of his army.

WHEN the ſun went to the weſtern quarter, Khojiſteh, with her eyes full of tears, and an aching heart, went to the parrot and ſaid, " When " an Arab went to a rich man, and ſaid, I will go " to Mecca, the rich man anſwered, Go. He " ſaid, I have not the means. The rich man replied, " If you have not money, it is not proper for you " to go thither, for God has not commanded thoſe " who are poor to go to Mecca. The Arab re-

" turned,

طوطی چون اینحکایت تمام کرد حجسته را کفت که
ترا مصلحت نیست که صبر کنی برخیزو بامعشوق خود
ملا قات کن و اکر نه حال ترا چون شاه زوال خواهد
شد حجسته خواست که برود در حال خروس آواز کرد
وصبح ظاهر شد رفتن او موقوف کردید

حکایت بست و هفتم ینک کلال ونوکر شدن
او پیش بادشاهی ونمودن شاه سالار فوج اورا

چون خور شید سمت مغرب رفت حجسته با چشم
پر اشک و دل پر از درد بر طوطی رفت و کفت
که اعرابی پیش تونکری رفت و کفت که من بمکه خواهم
رفت تونکر فرمود که برو او کفت که زاد ندارم تونکر
کفت که توا کر زاد نداری بمکه رفتن روا نیست
زیرا که خدا مفلس را بمکه رفتن نفرموده است
اعرابی

" myſelf to him. In ſhort, one day, as the king " was paſſing by the cutwal's habitation, the wo- " man was ſtanding on the roof of the houſe, and " ſhewed herſelf to the king; who, as ſoon as he " ſaw her, fell in love; and having ſent for the " viziers, ſaid to them, Why did you tell me ſuch " falſe words? They anſwered, We unanimouſly " agreed, that if your Majeſty were to ſee this " woman, you would neglect the affairs of your " kingdom. The king approved of the viziers' " excuſe, and his love for the woman affected his " health. The miniſters of ſtate recommended, that " the king ſhould demand the woman of the cut- " wal, and if he did not reſign her willingly, that " ſhe ſhould be taken from him by force. The " king ſaid: I am the prince of this kingdom; " be careful how you adviſe; I will not be guilty " of an action ſo very repugnant to juſtice; it " does not become monarchs to behave with ſuch " tyranny towards their ſubjects and ſervants. In " ſhort, after a few days, the king was ſeized with " melancholy, on account of this woman; he be- " came emaciated, and at length died of grief.

The

میرفت آن زن بر بالاخانه ایستاده بشد و خود را
بپادشاه نمود پادشاه چون او را دید عاشق شد
و وزیران را طلب کرد و گفت که چرا فلان سخن
با من دروغ گفتید آنها عرض کردند که مایان
میان خود ها مشورت کردیم که اکر پادشاه این
زن را خواهد دید از کار ملک غافل خواهد شد
پادشاه عذر وزیران را پسندید و از عشق
آن زن بیمار شد ارکان دولت پادشاه را مصلحت
دادند که آن زن را از کوتوال بخواهید اکر بخوشی
ندهد بزور بگیرید پادشاه گفت که من پادشاه
اینملک هستم زینهار این چنین نخواهم کرد
زیرا که این کار از انصاف دور است پادشاهان را
نباید که این چنین ظلم بر رعایا و نوکران بکنند
القصه پادشاه بعد چند روز در غم آن زن بیمار
و حقیر گردید و از ان غم جان داد و مرد

طوطی

" thing comes of itſelf, to him who is fortunate. " The king had four viziers, to all of whom he " ſaid, Go you to the merchant's houſe, take a " view of his daughter, and if ſhe is worthy of " my choice, bring her immediately. The viziers " entered the merchant's houſe, and on beholding " the daughter's face, were deprived of their ſen- " ſes. They conſulted together, and ſaid, If the " king ſhould ſee a woman with ſo beautiful a " countenance, he would loſe his reaſon, and, re- " maining with her night and day, will pay no " attention to the duties of royalty, ſo that all " public affairs will go to ruin. Then the four " viziers returned to the king, and thus reported: " This virgin is not remarkably handſome: in the " royal palace are many that have equal preten- " ſions to beauty. The king ſaid, If it is as " you repreſent, then I will not marry her. In " ſhort, the king did not aſk the merchant's " daughter in marriage. The merchant, in deſpair, " married his daughter to the cutwal of that city. " One day the young woman ſaid to herſelf, it " is extraordinary that the king rejected me, who " am ſo beautiful: ſome time or other I will ſhew

" myſelf

وزیر داشت هر چهار را فرمود که بخانهٔ بازرگان بروید
و دختر او را به بینید اگر لایق من باشد در حال بیارید وزیران
در خانهٔ بازرگان رفتند و چون روي دختر او را دیدند
بیهوش گردیدند و بایکدیگر مشورت کردند و گفتند
که اگر پادشاه چنین زن خوبصورت را خواهد دید
دیوانه خواهد گردید و شب و روز نزد او خواهد ماند بکار
ملک توجه نخواهد کرد و همه امورات تباه خواهد شد
پس هر چهار وزیر پیش پادشاه رفتند و عرض کردند
که آن دختر حسن خوب ندارد همچو او در خانهٔ والا بسیار
هستند پادشاه گفت که اگر این چنین است
چنانکه شما میگوئید پس او را نمیخواهم القصه پادشاه
دختر تاجر را بزني خود نخواست تاجر مایوس شد و دختر را
باکوتوال آنشهر شادي کرده داد روزي آن دختر با خود گفت
که من چنین خوبرو هستم عجب است که بادشاه
مرا قبول نکرد روزي خود را بپادشاه خواهم نمود
القصه یکروز پادشاه طرف خانهٔ کوتوال

میرفت

The parrot began, " In a certain city was a " merchant, who had plenty of money and effects, " and kept horses and elephants. He had a very " handsome daughter, the fame of whose beauty " reached distant countries and cities. Merchants " and traders of that country wanted to marry " the merchant's daughter; but the father would " not accept of their proposals. When the young " woman became marriageable, one day the mer-" chant wrote and sent a letter to the king, " couched in the following terms:—I have a " daughter, the beauty of whose countenance re-" sembles the moon, her walk is graceful as the " mountain pheasant, and her voice may compare " with the nightingale with a thousand notes; from " the desire of hearing her discourse, the birds are " arrested in their flight, and become intoxicated " and senseless. I flatter myself, that if your " Majesty sees good, she is worthy of your choice, " and may be the means of increasing my own " rank in life.——On the receipt of this letter, " the king was greatly delighted, and said, Every

" thing

طوطي آغاز کرد که در شهري بازرکاني بسيار مال و اشيا و اسپ و فيل پيش خود ميداشت او را دختري بود نهايت خوب رو آوازهٔ حسن او در ملک ها و شهر ها رفته هر چند بازرکان و تاجر ان آن ملک با دختر تاجر شادي کردن خواستند ليکن بازرکان قبول نکرد وقتيکه دختر مذکوره لايق شادي شد روزي بازرکان خطي به بادشاه آن ملک نوشته فرستاد بدين مضمون که من دختري دارم همچو ماه صورت دارد و در رفتار همچو تدرو کهسار و کفتار چون بلبل هزار داستان جانوران پرنده بذوق شنيدن سخنها از هوا مي درايند و مست و بيهوش ميشوند اميد که اکر پادشاه قبول فرمايند لايق حضرت است و قدر من زياده کردد پادشاه چون خط او خواند بسيار خورم و خورسند کرديد و با خود کفت که هر که بخت نيکو ميدارد هر چيز از خود پيش او مي رسد پادشاه چهار

وزير

TALE THE TWENTY-SIXTH.

The merchant's daughter, whom the king rejected.

WHEN the ſun was ſet, and the moon riſen, Khojiſteh, with a downcaſt countenance, went to the parrot, and ſaid, "O, thou poſſeſſor "of my ſecret, the ſages have ſaid, that a wo- "man without ſhame, is the worſt of women:— "Now I wiſh to avoid going to a ſtrange man; "and to ſit at home patiently." The parrot anſwered "My miſtreſs, whatever you ſay is right; "but I fear that if you reſtrain yourſelf, your "conſtitution will decline, like the king's." Khojiſteh aſked, "What kind of ſtory is his?"

The

حکایت بیست و ششم دختر تاجر و قبول نکردن پادشاه اورا

چون آفتاب غروب شد و ماه طلوع کرد خجسته شرمنده صورت بر طوطي رفت و گفت اي محرم راز من خردمندان گفته اند که زني بي شرم از همه زنان بدتر است حالا میخواهم که نزد مرد بیگانه نروم و در خانهٔ خود بنشینم و صبر کنم طوطي گفت اي کدبانو هرچه میفرمائي راست است لیکن مي ترسم که اگر صبر کني حال تو چون پادشاه زوال خواهد گردید خجسته پرسید که حکایت او چگونه است

طوطي

" try is this you are uſing with me? I ſent you " for ſugar, and you have brought me ſand. The " wife, without any heſitation, ſaid, As ſoon as I " got out of the houſe, an ox ran at me; upon " which I took to flight, and tumbled down on " the ground; the money fell out of my hand, " and as I was aſhamed to look for it before " the men who were preſent, I took up the ſand " from the ſpot, and have brought it here: the " money muſt be amongſt this ſand. The huſ- " band kiſſed her from head to foot, and ſaid, " The money being loſt is of no conſequence; " but why did you trouble yourſelf to bring a " quantity of ſand? In ſhort, the wife anſwer- " ing in this manner, without heſitation, the huſ- " band was not angry, but even pitied her."

The parrot, having finiſhed this ſtory, ſaid to Khojiſteh, " Ariſe, go to your lover; and if per- " chance he ſhould be angry with you, certainly " you will at the time think of ſome good ex- " cuſe." Khojiſteh was comforted by the words of the parrot. When ſhe put her ſhoes on her feet, and wanted to have got up, the cock crowed, dawn appeared, and her departure was deferred.

میکنی براي شکر فرستاده بودم ریک براي من آورده زن بي تامل گفت که هرگاه از خانه بیرون رفتم گاوي پس من دوید از ان سبب گریختم و بر زمین افتادم فلوس از دست من افتاد در انجا جستن مرا از مردمان شرم آمد ازین باعث ریک آن زمین برداشته آورده ام فلوس درین ریک خواهد بود مرد سر وروي او بوسید و گفت اگر فلوس کم شده هیچ مضایقه نیست چرا ریک بسته آوردي القصه زن چنان بي تامل شوي را جواب داد که شوهرش براو غصه نشد بلکه رحم نمود

چون طوطي این حکایت تمام کرد خجسته را گفت که حالا پیش محبوب خود برو مبادا اگر بر تو غصه شود البته آنوقت ترا جواب خوب یاد خواهد آمد خجسته را از سخنان طوطي تسلي شد چون پاپوش در پا کرد وخواست که برخیزد هماندم خروس آواز کرد و صبح ظاهر شد رفتن او موقوف گردید

حکایت

" women's tricks. If you will wait a little, I
" will tell you a fhort ftory of an excellent trick,
" which a woman played her hufband, and carried
" her point with her gallant." Khojifteh afked,
" What kind of ftory is that?"

The parrot faid, " Once on a time, a man
" gave fome foloofe* to his wife, who went to a
" grocer's fhop in the market, to buy fugar. As
" foon as the grocer faw the woman, he had an
" inclination for her. The woman bought a feer†
" of fugar, and tied it in a corner of her veil.
" The grocer plied the woman with pleafant dif-
" courfe, and fhe yielded to his defires. In fhort,
" the grocer conducted her into his own houfe,
" and fhe left her veil in the fhop. The grocer's
" fhopman took the fugar out of her veil, and
" fubftituting an equal quantity of fand, tied it
" up in the corner of the veil. When the wo-
" man came out again, fhe took up her veil, and
" returned home. When fhe came to her huf-
" band, he untied the veil, and feeing it contain
" fand, he faid to her, Why, wife, what pleafan-

---

* Pieces of copper coin. † About two lbs.

H h

غدرهاي زنان بسيار شنيده‌ام و پسند كرده‌ام
اگر اندكي توقف كني حكايتي مختصر كه زني با شوهر
خود چه غدر نيكو نموده و عياري بكار برده بود با تو
بگويم خجسته پرسيد كه آن حكايت چگونه است

طوطي گفت كه وقتي مردي بزن خود چند فلوس
داد زنش براي خريدن شكر ببازار رفت و
در دوكان بقالي آمد بقال چون زن را ديد بر
او مايل شد زن يك آثار شكر خريد و در گوشهٔ
چادر خود بست بقال با او سخنان مطايبه گفتن
گرفت زن راضي شد القصه بقال او را درون
خانهٔ خود برد و او چادر خود را بر دوكان بقال گذاشته
نايب بقال شكر از چادر زن گرفت و همان قدر
ريگ در گوشهٔ چادر او بست زن چون از اندرون
بر آمد چادر بر داشته بخانه خود روان شد چون
نزد شوي رسيد شوي چادر گشاده ديد كه ريگ
است با زن گفت كه اين چه خنده است كه با من
ميكني

" wisdom, and presides over the body." When Khojisteh had heard the end of the story, she stood up, with intention to go to her lover: instantly the cock crowed, and dawn appearing, her departure was delayed.

TALE THE TWENTY-FIFTH.

Of a woman, who, having gone to buy sugar, had an amour with a grocer.

WHEN the sun was set, and the moon got up, Khojisteh went to the parrot, and said, " I am fearful, and in my own mind greatly con-" founded, lest when I join my lover, he may be " angry with me, because of the delay. I know " not what artifice to practice on that occasion." The parrot said, " My mistress, it requires no " thought or consideration; for women are able to " devise many artifices, and are exceedingly prompt " at repartee. I have seen and approved many " women's

میرا ست خجسته چون قصه تمام شنید بعزم رفتن پیش محبوب برخاست درحال خروس آواز کرد و صبح ظاهر شد رفتن او موقوف گردید

حکایت بیست و پنجم زنی که جهته خریدن شکر رفته با بقال هم بستر شد

چون آفتاب غروب گردید و ماه طلوع کرد خجسته پیش طوطی رفت و گفت می ترسم و در دل خود بسیار شرمنده ام که چون با معشوق خواهم پیوست او از سبب دیر برمن غصه خواهد گردید نمیدانم که آن وقت چه عذر بکنم طوطی گفت ای کدبانو هیچ فکر و اندیشه مکن زیرا که زنان بسیار عذر کردن می توانند و نهایت حاضر جواب میشوند

غدر

" resolved to sever her own head from her body, " and to burn *with her husband*. At that interval, " a voice issued from the temple, O, woman! re- " place the severed heads on their respective trunks, " when they will be alive again. The woman was " so over-joyed on hearing these words, that in her " hurry, she placed her husband's head on the brah- " min's body, and put the brahmin's head upon " her husband's shoulders, and instantly they were " both restored to life and stood before the woman. " Then began a dispute between the prince's body " and the brahmin's head, each claiming her for " his wife."

When the parrot had related thus far of the story, " he said to Khojisteh, " If you want to try his " understanding ask him, which had a right to the " wife, — the husband's head, or the husband's " body?" Khojisteh requested the parrot to instruct her on this point? The parrut replied, " The rightful owner of that woman is the hus- " band's head; because the head is the seat of

" wisdom,

حادثه واقع شده زن خواست که سر خود هم از تن
جدا کند و بسیار زود در ان اثنا آوازی از بتخانه برامد
که ای زن سر کشتگان بر تن ایشان بنه زنده خواهند شد
زن ازین آواز خوشنود شده جلد سر شوی بر تن
برهمن و سر برهمن بر تن شوی نهاد در حال هر دو زنده
گردیدند و پیش زن ایستاده شدند با تن برهمن رای و سر
برهمن قضیه آغاز شد سر گفتن گرفت که این زن
من است تن میگفت که این قبیلهٔ من

طوطی چون این قدر حکایت تقریر کرد با خجسته گفت
که اگر عقل او را آزمودن میخواهی ازو بپرس که
مستحق آن زن کیست سر شوی او یا تن
شوی خجسته گفت ای طوطی اول مرا بگو که مستحق
کیست طوطی گفت مستحق آن زن سر شوی
او است زیرا که سر جای عقل است و سردار همه بدن
سر

" rites and ceremonies of their reſpective tribes. In " ſhort, the lovers were united. After ſome days, " the father invited his daughter and ſon-in-law to " his own houſe. The king's ſon with his wife " ſet out for the father-in-law's houſe, and a brahmin " who had been the intimate companion of the king's " ſon, alſo accompanied them. When the prince " approached the temple where he had firſt ſeen his " wife, he recollected the vow he had made to the " idol of the place. He went alone into the temple, " in order to perform his vow, and cutting off his " own head, dropped it at the feet of the image. " Afterwards, when the brahmin alſo entered the " temple, he ſaw the prince lying dead, and was " terrified: he thought, if I remain alone, people " will ſuppoſe me to have been his murderer. When " many ſuch reflections had paſſed in his mind, he " ſaid, It will be beſt for me to cut off my own " head, and leave it alſo at the feet of the idol. " Then the brahmin cut off his own head, and " dropped down at the feet of the image. A minute " after, the wife alſo came into the temple, and " ſeeing both perſons ſlain, was aſtoniſhed, not be-" ing able to account for what had happened. She

 " reſolved

القصه عاشق بمعشوق پیوست بعد چند روز
پدر دختر و داماد را بخانهٔ خود طلبید پسر راي معه زن
خود طرف خانهٔ خسر خود روانه شد و برهمني که مصاحب
پسر راي بود او هم همراه آنها شد چون پسر راي
نزد آن بتخانه که ان دختر را دیده بود رسید و ان قرار
داد که از بتان آن بتخانه کرده بود بیادش آمد
و بجهته ایفاي وعده درون بتخانه مذکور تنها رفت
و سر خود تراشیده درپاي بت نهاد و بعقب
آن چون در بتخانه مذکور برهمن نیز رفت پسر راي را
کشته دید ترسید چون دانست که اگر من زنده خواهم ماند
مردمان خواهند پنداشت که من او را کشته باشم
اینچنین اندیشه در دل خود بسیار نمود و گفت که بهتر
آن است که سر خود هم تراشیده در پاي بت نهم
پس برهمن نیز سر خود پیش بت تراشید و
درپاي آن افتاد و بعد یک لحظه آن زن نیز درون بتخانه
رفت و هر دو کس را کشته دیده متعجب شد که این چه
حادثه

" with children : and thirdly, The company of block-
" heads." The parrot replied, " My miſtreſs,
" whatever you ſay is proper : to-night you muſt
" tell a tale to your lover, and require of him
" an anſwer; which if he gives properly, you
" may account him wiſe; but if he returns an
" improper anſwer, reſt aſſured he is deficient in
" underſtanding." Khojiſteh aſked, " What tale
" is it on which I am to queſtion him?"

The parrot began, " Once on a time the ſon of
" the king of Babylon, happening to enter an idol
" temple, there beheld a young woman, the bright-
" neſs of whoſe countenance reſembled the moon,
" as did her jetty locks the darkeſt night; her ſta-
" ture was erect as the cypreſs, and her walk
" graceful as the pheaſant; he was inſtantly ſmitten
" with her charms; and, laying his head at the feet of the
" principal idol in the temple, in a plaintive and feeble
" tone, thus expreſſed himſelf, If that young woman
" ſhould marry me, I will ſever my head from my
" body, and ſacrifice it to you. In ſhort, the king's
" ſon ſent a meſſage to the girl's father, and aſked
" her in marriage. Her father gave his conſent,
" and the marriage was performed agreeably to the

G g " rites

احمقان طوطی گفت ای کدبانو هر چه میفرمائی راست است می باید که امشب حکایتی با محبوب خود بگوئی و از او بپرسی و سوال نمائی اگر جواب پسندیده دهد او را عاقل پندار و اگر ناشایسته بدانی که احمق است خجسته پرسید که کدام حکایت است که از او پرسیده شود

طوطی آغاز کرد که وقتی پسر رای بابل در بتخانه رفت و آنجا دختری را دید که روی او همچو ماه دو هفته و زلف چون شب دیجور سیاه داشت و قد او همچو سرو و رفتار مانند تدرو ناگاه پسر رای برو عاشق گردید و برپای بت آن بتخانه سر نهاد و بعجز و الحاح گفت که اگر این دختر با من شادی کند سر خود پیش تو جدا سازم و قربان کنم القصه پسر رای برای آن دختر پیش پدر او پیام فرستاد و خواست پدر دختر قبول کرد و بموجب دستور و آئین هم قومان خود دختر را با پسر رای نکاح کرده داد

The parrot, having finiſhed the tale, ſaid to Khojiſteh, " Now ariſe, and go to your lover." She wanted to have done ſo, when inſtantly the cock crowed, and dawn appearing, her departure was deferred.

TALE THE TWENTY-FOURTH.

How the ſon of the king of Babylon fell in love with a young woman.

WHEN the ſun deſcended in the weſt, and the moon aroſe in the eaſt, Khojiſteh went to the parrot to aſk leave, and ſaid, " Whenever " I may go to my lover, I wiſh firſt to make " trial of his underſtanding. If I diſcover him " to be wiſe, I will ſtrengthen my friendſhip with " him: otherwiſe I will exerciſe patience; for the " ſages have ſaid, that in friendſhip three things " ought not to be truſted: firſt, Friendſhip with " women: ſecondly, Having intimacy or aſſociating with

طوطي چون اين حكايت تمام نمود خجسته را گفت حالا برخيز و جانب معشوق خود برو درحال خجسته خواست كه برود خروس آواز كرد و صبح ظاهر شد رفتن او موقوف شد

حكايت بيست چهارم پسر راي بابل و عاشق شدن او بر دختري

چون آفتاب بمغرب رفت و ماه از مشرق برآمد خجسته بطلب اجازت بر طوطي رفت و گفت ميخواهم كه هرگاه پيش محبوب بروم اول عقل او را آزمايم اگر او را عاقل يابم دوستي با او مضبوط كنم و اگر نه صبر نمايم زيرا كه خردمندان گفته اند كه بر دوستي سه كس اعتماد نبايد كرد اول دوستي زنان دوم دوستي و اخلاص طفلان سيوم رفاقت احمقان

" each other. After ſome days, the young lady " adviſed thus with the brahmin, It is moſt ad- " viſable that we depart hence, and take up our " abode in ſome other country, where we may " follow the dictates of our inclinations. Then, " having agreed together on this point, the King " of Babylon's daughter ſtole out of her father's " treaſury a great quantity of gold and jewels, ſuf- " ficient to ſupport them as long as they ſhould " live; and at night, accompanied by the brahmin, " ſhe left the houſe. In one day and night they " got beyond the limits of her father's dominions, " and fixed their abode in another territory; where, " free of all reſtraints from others, they entered " on the enjoyment of their amorous inclinations, " with boundleſs pleaſure and delight. The king " was greatly aſtoniſhed at this event; but not- " withſtanding his moſt diligent enquiries, could " not find out his daughter, becauſe ſhe had eſca- " ped beyond the boundaries of his territories."

The

را باهم در کنار گرفتند بعد چند روز دختر راي
بابرهمن مشورت کرد که بهتر انست که ما و شما از اینجا
بیرون رفته بملک دیگر باشیم و مسکن گزینیم
و حسب دلخواه بکار دل پردازیم پس هر دو این
مشورت را پسند نمودند دختر راي بسیار زر و
جواهر که تا بود و زیست آنهارا بکار آید از خزانه
پدر دزدي کرد و بوقت شب برفاقت برهمن از
خانه بیرون رفت و در یک شب و روز ملک سرحد
پدر خود طي کرد و تمام نمود و بملک دیگر مقام
معین ساخت و حسب تمناي دل بي مزاحمت اغیار
بمطالب رسیده استیعاب لذات شهواني نمودند
وبدین عنوان بخوشي و خورمي در ساختند راي ازین
ماجرا بسیار حیرت اندوز گردید وهر چند سراغ و
تفحص دختر نمود نیافت چون که آنها از سرحد ملک
راي بیرون رفته بودند

طوطي

" ſomething for his expences; and ſent the woman
" to his own daughter. By this artifice, the magi-
" cian introduced the brahmin to the king's daugh-
" ter, and himſelf got good money in hand. The
" princeſs ſhewed great tenderneſs to the woman,
" alias the brahmin. In ſhort, one day the brahmin
" ſaid to the princeſs, Why does your complexion
" fade in this manner, becoming every day more
" and more pale, whilſt your ſtrength ſeems exhauſt-
" ed? The young woman wanted to conceal her
" ſecret from the brahmin, but he preſſing her on
" the ſubject, ſaid, I perceive you are in love with
" ſomebody, it will be much better to make me
" your confidante; when I will certainly apply a
" remedy to the diſeaſe. The princeſs related to
" the brahmin all the particulars of her caſe. He
" ſaid, If now you were to ſee that brahmin,
" do you think you could recollect him? She re-
" plied, Yes, I ſhould certainly know him again.
" Immediately the brahmin took the ball out of
" his mouth, and ſhe knew him, and they embraced
each

خرج داد و آن زن را نزد دختر خود فرستاد
جادو کر مذکور برهمن را ازین حکمت پیش
دختر رای فرستاد و خود هم زر خوب بدست آورد
و دختر برآن زن یعني بر برهمن بسیار مهرباني
نمود القصه روزي برهمن دختر رای را کفت که
روز بروز رنگ روي تو چرا زرد میشود و تبدیلي
میکردد و تو بس صعیف معلوم میشوي دختر
رای راز خود از برهمن پنهان کرد ن خواست
برهمن چستي بکار برد و باو کفت که مي پندارم
که تو برکسي عاشق هستي بهر است که اکر راز خود
بامن بکوئي و پوشیده نداري البته چاره کار تو
خواهم نمود دختر همه احوال خود با برهمن کفت
برهمن کفت که اکر تو این وقت آن برهمن
را به بیني شناختن تواني دختر کفت بلي شناختن
توانم برهمن در حال مهره را از دهن خود
بیرون کرد و دختر برهمن را شناخت و یکدیکر
را باهم

" faithful ſervices. One day he ſaid to him, Aſk
" me for any thing that you deſire, and I will give
" it; ſhew and declare what it is that you want.
" The brahmin diſcovered his ſituation to the ma-
" gician, who ſaid, I thought you would have aſked
" for a gold mine—what mighty buſineſs is it to
" bring man and woman together? The magician
" immediately formed a magic ball, and giving it to
" the brahmin, ſaid, If a man puts this ball in his
" mouth, whoever ſees him will ſuppoſe him a wo-
" man; and if a female uſes it in the ſame manner,
" ſhe appears a man to all beholders. Next day the
" magician himſelf perſonated the brahmin, and the
" brahmin putting the ball in his mouth being tranſ-
" formed into a woman, the magician went to the
" king of Babylon, and ſaid, I am a brahmin, and
" have a ſon, who having ſuddenly become inſane
" has wandered abroad—this is his wife: if you will
" admit her into your palace for a few days, then
" I will go in ſearch of him. The king granted
" the brahmin's requeſt, and, moreover, gave him

 " ſomething

روزی می ازو پرسید که تو اکر از ما چیزی میخواهی
خواهیم داد و آنچه درکار باشد اظهار کن و بگو
برهمن همه احوال خود با جادوگر کفت او کفت
پندا شته بودم که از من کان زر خواهی خواست
و آدمی را بادمی رسانیدن چه قدر درکار است
جادوگر فی الفور مهره حکمت ساخت و به برهمن
داد و کفت که اکر این مهره را مرد در دهن دارد
هر که او را به بیند بداند که زن است و اکر زن در
دهن بدارد هر که او را به بیند پندارد مرد است
روز دیکر جادوگر خود را بصورت برهمن ساخت
و برهمن ان مهره را در دهن خود کرفت و مثل
زن کردیده پیش رای بابل رفت که من
برهمن هستم پسری داشتم ناکاه دیوانه
کردید و بسفر رفت این زن اوست اکر این را چند
روز در خانه خود جا دهی تا من برای جستن پسر خود روم
رای مذکور ملتمس برهمن را قبول نمود بلکه چیزی
خرج

" in such a manner, that no misfortune may befall
" you, but advantage or prosperity; like as the brah-
" min, who having fallen in love with the daugh-
" ter of the king of Babylon, got possession not only
" of his beloved, but also of money and property, with-
" out suffering any misfortune." Khojisteh asked,
" What is the nature of his story?"

The parrot began, " Once on a time, a brahmin,
" who was both handsome and discreet, having
" thought proper to quit his city and native soil,
" went to the city of Babylon. One day as this
" brahmin was walking in a garden, the daughter
" of the king of Babylon came also to the same
" spot to take an airing, and to view the display
" of flowers. The brahmin and the virgin were
" mutually enamoured of each other at the first
" glance. When she returned home, she became
" distracted, and the brahmin on returning to his
" habitation fell sick. In short the brahmin went
" to a magician, and entered into his service.—
" After some time the magician was quite con-
" founded how to requite his great attention and
                                        " faithful

کار چنان کن که هیچ آفت بتو نرسد بلکه فایده یابی
چنانکه برهمن بر دختر راي بابل عاشق گردید هم
معشوق وهم مال و اسباب بدست او آمده
و هیچ آفت بدو نرسید خجسته پرسید که حکایت او
چگونه است

طوطي آغاز کرد که وقتي برهمني خوبصورت
و دانا از شهر و وطن خود انفکاک گزیده
به شهر بابل رفت روزي برهمن مذکور
در باغي میگردید و سایر بود و دختر راي بابل نیز
دران باغ براي سیر و تماشا گلهار رفته بود ناگاه
نظر برهمن بر دختر مذکوره افتاد و نظر دختر هم بر
برهمن افتاد هر دو عاشق گردیدند چون در خانهٔ
خود رفت دیوانه گردید و برهمن نیز در خانهٔ خود
رفته بیمار شد القصه برهمن پیش جادوگري
رفت و خدمت او کردن گرفت جادوگر پس
مدتي از بسیار جانفشاني و خدمت او شرمنده گردیده
روزي

TALE THE TWENTY-THIRD.

Of a brahmin falling in love with the king of Babylon's
daughter.

WHEN the fun funk into the weft, and the
moon appeared in the eaft, Khojiftch went
to the parrot to afk leave, and faid, " O, thou wife
" bird! whofe counfels are prudent, and who act the
" part of a friend, if you think it advifeable, delay not
" to-day in giving me permiffion: or elfe fpeak plainly,
" to the end that I may be patient and make choice
" of retirement." The parrot anfwered, " Every
" night I give you leave, but I know not what kind
" of luck attends you, that it will never befriend
" you? It is incumbent on you to go quickly to-
" day, and have an interview with your lover; how-
" ever, give ear to my counfel, that you may act

" in

حکایت بیست سیوم برهمن که بر دختر رای بابل عاشق شده بود

چون آفتاب بمغرب رفت وماه از مشرق پدید آمد خجسته بطلب رخصت بر طوطی رفت و گفت که ای مرغ دانا و مصلحت اندیش وای دوست وفا کیش امروز اگر بهبینی مرا جلد رخصت ده وگرنه صاف بگو تا صبر کنم وگوشه اختیار نمایم طوطی گفت که من هر شب ترا رخصت میدهم لیکن نمیدانم که بخت تو چه گونه است چرا یار نمیشود لازم است که امروز جلد برو و با معشوق خود ملاقات کن لیکن نصیحت من شنو که این کار

When the parrot had brought Khojisteh to this part of the story, he said, "Carry this tale to "your lover, and ask him to which of the three "youths the young woman ought to have been "given. If he returns you a proper answer, be "satisfied in regard to his understanding." Khojisteh said, "I must beg you will first tell me "to whom the girl justly belonged?" The parrot answered, "To the person who killed the "fairy, and brought back the merchant's daughter: "because the others merely exhibited their skill, "whilst this repaired to the place of danger, and "exposed himself to great difficulties, regardless of "his own life."

The parrot having finished the story, said to Khojisteh, "Be expeditious, and go to your lover." She got up, and wanted to have gone: the cock crowed, morning appeared, and her visit was deferred.

طوطي چون این سخن تا اینجا رسانید خجسته را گفت که این حکایت با محبوب خود بگو و بپرس که آن دختر بکدام جوان دادن مصلحت است اگر جواب خوب بدهد بدانکه عاقل است خجسته گفت که اي طوطي اول تو مرا بگو که مستحق آن دختر کیست طوطي گفت که آن شخص که پری را کشت و دختر را آورد زیرا که دیگر جوانان هنرهاي خود نمودند و او درجاي خوف رفت و محنت بسیار بر خود گرفت و از جان خود نترسید

طوطي چون این حکایت تمام کرد خجسته را گفت که زود باش و پیش محبوب خود برو خجسته برخاست و اراده رفتن نمود خروس آواز کرد و صبح ظاهر شد رفتن او موقوف گردید

حکایت

" person said, I am an archer, and can pierce " any object at which I point my arrow. The " merchant communicated to his daughter the several " pretensions of these three youths. The daughter " said, I will deliberate the matter in my own mind, " and tell you to-morrow which of them I shall " prefer. At night the daughter disappeared from the " house. In the morning all search was ineffec- " tual; it could not be discovered whither she " was gone. The merchant went to the young " man, who knew all circumstances relative to any " thing lost, and said, Inform me where my daugh- " ter is? After an hour's consideration, the man " replied, A fairy has carried your daughter to " the summit of a mountain, inaccessible to men. " The merchant then addressed the second youth, " saying, Make you a wooden horse, and give it " to the young archer, that he may mount it, " and ascend the mountain, and after having killed " the fairy with his arrow, bring back the girl. " He made a wooden horse, the young archer " mounted, ascended the mountain, and having " transfixed the fairy with his shaft, brought away " the young virgin. Each of the three claimed " her as his right, and disputation commenced.—

سیوم شخص گفت که من تیر انداز هستم بزهرکه تیر می زنم اورا میدوزم تاجر احوال هر سه کس با دختر خود گفت دخترش جوابداد که من با خود مشورت کرده فردا جواب این خواهم داد و ازین هر سه کس یکی را قبول خواهم کرد وقت شب دختر از خانه گم شد صبح هرچند اورا جستند نیافتند هیچ معلوم نشد که کجا رفت تاجر پیش آن جوان که احوال گم شدن میدانست رفت و پرسید که ای جوان بگو تا دختر ما کجا است جوان ساعتی تامل کرد و گفت آن دختر را پری برده است و بر فلان کوه داشته آدم بالای آن کوه رفتن نمی تواند تاجر دیگر جوان را گفت که تو اسپی از چوب بساز و آن جوان تیرانداز را بده تا بروی سوار شود و بر کوه برود و از تیر پری را بکشد و دختر را بیارد جوان اسپی از چوب ساخت و جوان تیرانداز بر اسپ چوبین سوار شده بر کوه رفت و بیک تیر پری را کشت چون دختر را آورد هر سه جوان آن دختر را خواستند که بگیرند و قضیه آغاز کردند

طوطي

" trefs; go this time to the houfe of your lover,
" and relate to him the ſtory of the merchant's
" daughter, in order to try his underſtanding... If
" he gives you a proper anſwer, you may eſteem
" him wife." Khojiſteh aſked, " What is the
" nature of the ſtory ? "

The parrot began, " In Cabul was an opulent
" merchant, who had a beautiful daughter, named
" Zerah (or Venus). Wealthy perſons, of every
" city, courted her; but the girl did not approve
" of any one of them; but ſaid to her father,
" I will marry one who is either completely wiſe, or
" very ſkillful. This declaration was rumoured
" throughout all countries. In one city dwelt
" three youths, each of whom poſſeſſed a valuable
" art. Theſe three yonng men went to Cabul,
" and ſaid to the merchant, If your daughter re-
" quires a man of ſkill, either of us three can
" aſſert that character. One ſaid, My art is this,
" whenever any thing is loſt, I know where it is;
" and have alſo foreknowledge of future events.
" The ſecond ſaid, I can make ſuch a horſe of
" wood, that whoſoever mounts it, floats in the
" air, like the throne of Solomon. The third
" perſon

محبوب خود برو و حکایت دختر تاجر با او بگو و عقل او بیازمای اگر جواب خوب بدهد بدان که دانا است خجسته پرسیدان حکایت چگونه است

طوطی اغاز کرد که در کابل تاجری بود مالدار دختری داشت خوبروی زهره نام توانگران هر شهر خواهش او میداشتند دختر کسی را قبول نمیکرد و پدر را میگفت که من با آن مرد شادی خواهم کرد که دانشمند کامل خواهد بود یا هنرمند بسیار این سخن در همه ملک مشهور گردید در شهری سه جوان بودند و هر یک هنر خوب میداشتند هر سه جوان در کابل رفتند و تاجر مذکور را گفتند که اگر دخترت شوهر هنرمند میخواهد ما هر سه کس هستیم یکی گفت هنر من این است که هر چه گم میشود میدانم که کجا است و احوال اینده را میشناسم دویم گفت که از چوب چنان اسپ میسازم که هر که بران سوار بشود چون تخت سلیمان بر هوا میرود

سیوم

The parrot having finiſhed the tale, ſaid to Khojiſteh, " Go now, delay not." Khojiſteh aroſe in order to have gone; immediately the cock crowed, and her departure was deferred.

TALE THE TWENTY-SECOND.

The merchant, whoſe daughter was loſt.

WHEN the ſun went into the weſt, and the moon appeared in the eaſt, Khojiſteh repaired to the parrot, and ſat down, contemplative. The parrot aſked, " Alas! my miſtreſs, why art thou " thoughtful to-night?" Khojiſteh ſaid, " Laſt " night theſe reflections came into my mind,— " whether my lover is wiſe or ſimple, learned or " ignorant. If he is ſilly, his ſociety will re- " ſemble death." The parrot ſaid, " My miſ- " treſs,

طوطي چون اين حكايت تمام كرد با خجسته گفت حالا برو و توقف مكن خجسته برخاست كه برود در حال خروس آواز كرد و صبح ظاهر شد رفتن خجسته موقوف گشت

حكايت بيست دوم يك تاجر و دختر او و كم شدن او

چون آفتاب بمغرب رفت و ماه از مشرق بر آمد خجسته بر طوطي رفت و متفكر نشست طوطي پرسيد اي كد بانو چرا امشب متفكر هستي خجسته گفت كه دي شب در دل من اين سخن آمد كه معشوق من دانا است يا نادان يا عالم يا جاهل است اگر نادان است صحبت او مرا همچو مرگ خواهد شد طوطي گفت اي كد بانو اين وقت در خانه محبوب

"towards him. Some days after, the king's daughter being bit by a snake, all the remedies applied by the physicians produced no effect. The king commanded the prince to cure his daughter. The prince was pensive, and said to himself, This is not my business. Khaliss (or candid) said, Convey me to the lady, and place her in a retired situation; I will cure her. He did so. Khaliss applied his own mouth to the wound which the snake had made, and sucked out all the poison; when the princess instantly obtained relief. The king was highly delighted, and bestowed his daughter in marriage on the prince, whom he made his lieutenant. Khaliss and Mukhless both said, We now want leave to depart. The prince observed, What a time is this for taking leave! Khaliss said, I am that snake to whom you gave your own flesh. Mukhless said, I am the very frog whom you delivered from the mouth of the snake: we now wish to return to our own habitations. The prince took leave of them both."

مار گزید حکیمان هر چند دوا کردند فایده نشد
پادشاه شاه زاده را فرمود که دخترم را نیکو کن
شاه زاده متفکر شد و با خود گفت که این کار من نیست
خالص عرض کرد که مرا نزد آن دختر ببر و در خلوت او را
بنشان من او را نیکو خواهم کرد او همچنان کرد خالص
دهن خود بر زخم مار نهاد و مکید و هم زهر را در دهن
خود کشید دختر في الحال آرام یافت پادشاه بسیار
خوشنود شد و شادي دختر با شاه زاده کرد
و نایب خود گردانید خالص و مخلص هر دو عرض کردند
که حالا رخصت میخواهیم شاه زاده گفت این
چه وقت رخصت است خالص گفت که من آن مارام
که مرا گوشت خود داده بودي مخلص گفت که من
آن غوکم که مرا از دهن مار خلاص کرده بودي
حالا میخواهیم که بجاي خودها برویم شاهزاده
هر دو را رخصت نمود .

طوطي

" wherein was a king: to whom the prince went, " and said, I am so valiant, that alone I am able " to fight against an hundred men: if you will pay " me one thousand rupees daily, I will enter into your " service; and whatever business you shall command " me to perform, I will always accomplish. The " king took him into his service, and ordered him " one thousand rupees daily allowance. The prince " received one thousand rupees every day, one hun- " dred of which sufficed for his own expences, two " hundred he divided between his companions, and " the remainder he bestowed in charity. One day " the king went to enjoy the sport of fishing: it " happened that the king's ring fell into the river; " and, notwithstanding all the search that was made " after it, could not be recovered. He said to the " prince, Fetch my ring out of the river. The " prince conversed with his companions, who asked, " What kind of business is this which the king has " commanded you to perform? Mukhless said, " Make your mind easy, I will execute this business. " Mukhless, accordingly, having assumed the form " of a frog, plunged into the river, and instantly " brought out the ring. The prince presented the " ring to his majesty, who increased his kindness

هر سه کس ازانجا روانه شدند و در شهري رسيدند
دران شهر پادشاهي بود شاهزاده پيش او رفت
و گفت من چنان شجاع ام که با صد مردم تنها توانم
جنگيد اگر هزار روپيه روزينه مرا بدهي تا در خدمت تو
باشم و هر گاه هر کاريکه بفرمائي انجام کنم پادشاه اورا
نوکر داشت و هزار روپيه روزينه مقرر فرمود شاهزاده
هر روز هزار روپيه ميگرفت صد روپيه خود خرچ ميکرد و
دو صد روپيه همراهان خود را ميداد و باقي خيرات ميکرد
روزي پادشاه براي شکار ماهي رفت اتفاقا
انگشترين پادشاه در دريا افتاد هر چند که جست نيافت
شاهزاده را فرمود که انگشترين من از دريا بر آر شاهزاده
همراهان خود را گفت آنها گفتند که اين چه کار است که
ملک شما را فرموده است مخلص گفت خاطر جمعدار
اين کار من خواهم کرد مخلص بصورت غوک شده
در دريا غوطه زده در حال انگشترين براورد شاهزاده
انگشترين را نزد بادشاه برد پادشاه زياده براو
مهرباني کرد بعد چند روز دختر ملک را

مار

" food out of the ſnake's mouth. In ſhort, he
" cut a piece of fleſh from his own body, and flung
" it to the ſnake, who went to his female with the
" fleſh in his mouth. The female, on taſting it,
" ſaid to the male, From whence did you bring
" this ſavoury meat? The ſnake told her all the
" circumſtances. The female ſaid, You ought to
" ſhew your gratitude to the perſon who did you
" ſuch kindneſs. The ſnake, having transformed
" himſelf into the ſhape of a man, waited on the
" prince, and ſaid, My name is Khaliſs (or ſincere):
" I want to engage in your ſervice. The prince aſ-
" ſented. When the frog leaped from the jaws of
" the ſnake, ſtained with blood, he went to his fe-
" male, and told her all the circumſtances. The
" female ſaid to him, Go now, and be ready to do
" a ſervice to that perſon. The frog, alſo, having
" aſſumed the human form, came to the prince, and
" ſaid, My name is Mukhleſs (or candid); I wiſh
" to ſerve you like *the reſt of your* ſlaves. The prince
" entertained him alſo in his ſervice. Theſe three
" men departed from thence, and came to a city,
" wherein

او جدا کرد القصه قدری کوشت از اندام خود
تراشیده پیش مار انداخت مار آن مضغه
کوشت در دهن کرفته نزد ماده خود رفت ماده
چون انرا تناول کرد بامار کفت که این کوشت مزدار
ولذیذ از کجا آورده مار همه احوال با ماده تقریر
کرد ماده کفت آنشخص که با تو چنین مهربانی
نمود ترا باید که شکر او کنی مار بصورت آدمی
مشده نزد شاهزاده رفت و کفت که نام من
خالص است میخوا هم که در خدمت تو حاضر باشم
شاهزاده قبول نمود غوک چون از دهن مار
جست خون الوده بر ماده خود رفت و همه احوال
او با ماده کفت ماده او کفت که حالا در خدمت
آنشخص حاضر باش غوک نیز بصورت آدمی
متمثال کردیده بخدمت شاهزاده رفت و کفت
که نام من مخلص است میخوا هم که همچون بندکان
خدمت تو کنم شاهزاده او راهم بخدمت کرفت
هر سه

parrot ſaid, " Alas, my miſtreſs! my heart at this
" inſtant bears witneſs, that I will quickly unite you
" with your friend; but if you get to your lover,
" perform all the conditions which friendſhip re-
" quires, neglecting not an item; juſt as Khaliſs
" and Mukhleſs ſerved the king's ſon, in exact
" conformity to the duties of friendſhip." Khojiſteh
aſked, " What is the nature of this ſtory?"

The parrot began ſaying, " Once on a time, there
" was a mighty monarch, who had two ſons; and
" when he departed from this world the eldeſt ſon
" aſſumed his crown and throne, and wanted to kill
" his younger brother; who, having no reſource,
" quitted the city and kingdom, unattended. One
" day he came to the ſide of a pond, where a ſnake
" had ſeized a frog, who was crying out. The
" prince called out to the ſnake, who, there-
" upon quitted his hold: the frog jumped
" into the water, and the ſnake remained. The
" prince was aſhamed, in that he had taken the
" food

بخت من چگونه است طوطي گفت اي کدبانو
حال دل من گواهي ميدهد که جلد تو بدوست
خواهي پيوست ليکن اگر بمعشوق خود رسي
شرايط دوستي همه بجا آري و هيچ فرو نگذاري
چنانکه خالص و مخلص خدمت شاه زاده بجا آوردند
و شرايط دوستي فرو نگذاشتند خجسته
پرسيد که حکايت انها چگونه است
طوطي گفتن اغاز کرد که وقتي پادشاهي بود
بزرگ دو پسر داشت چون پادشاه ازين
جهان کوچ کرد تاج و تخت او پسر کلان گرفت
و برادر خورد را خواست که بکشد ان بيچاره تنها
ازان شهر و ملک بيرون رفت روزي بر تالابي
رسيد ديد که غوکي را ماري گرفته بود و غوک
شور ميکرد شاه زاده بانک بر مار زد و مار او را
گذاشت غوک در آب رفت و مار ايستاده ماند
شاه زاده از مار شرمنده گرديد که طعمه او از دهن
او

"I have no place of retreat. In short, the lion "went to another part of the desert; and the wo- "man took the road to her own city, and, during "the remainder of her life, was obedient to her "husband."

The parrot having finished the story, said to Khojisteh, "Arise, my mistress, delay not, go to your "lover." Khojisteh got up, and made an effort to go. At the instant the cock crowed, and morning appearing, her departure was deferred.

TALE THE TWENTY-FIRST.

Of a king and his sons, and of a frog and a snake.

WHEN the sun sunk into the west, and the moon appeared in the east, Khojisteh went to the parrot to ask leave, and said, "O, parrot! "when will that time arrive, that I shall join my "beloved? I wish to go, but have not resolution: "I know not what kind of fortune mine is." The

بخورم یا طفلان ترا زیرا که مرا جای کریختن نیست القصه
شیر طرفی دیگر رفت وزن راه شهر خود پیش گرفت
وباقی عمر در فرمان برداری شوهر سپری ساخت
طوطی این حکایت تمام نموده خجسته را گفت که ای کدبانو
برخیز و توقف مکن جانب معشوق خود برو خجسته
برخاست و قصد رفتن کرد در حال خروس آواز کرد
و صبح ظاهر شد رفتن خجسته موقوف کردید

حکایت بیست و یکم پادشاهی و پسران او و یک غوک و مار

چون آفتاب بمغرب رفت و ماه از مشرق برآمد
خجسته بطلب اجازت بر طوطی رفت و گفت ای طوطی
کدام وقت خواهد بود که بمحبوب خود خواهم رسید
میخواهم که بروم لیکن نمی توانم رفت نمیدانم که

The parrot began, ſaying, " In a certain city " lived a man who had a very ill-natured wife, a " great ſcold. One day, having chaſtiſed her for " ſome fault, ſhe, with two infants, took the road " to the deſert. It happened that the woman ſaw " a lion; and, being terrified, ſaid to herſelf, I " have acted very ill in coming abroad without " having the conſent of my huſband: if no cala- " mity befalls me from this lion, I will return home " and be obedient to him. In ſhort, the woman " formed her plan, and ſaid to the lion, Come near " and liſten to my words. The lion was aſtoniſhed, " and ſaid, Speak, what have you to ſay? The " woman ſaid, In this deſert is a mighty lion, the " terror of every man and beaſt; the king ſends " three or four men for his *daily* ſubſiſtence: to-day " the lot has fallen on myſelf and theſe two infants: " take my children and devour them, and then eſcape " from this deſert: I alſo, being alone and unen- " cumbered, may then run away. The lion replied, " Well, now you have told me all your own cir- " cumſtances; it would anſwer no purpoſe for me " to devour either you or your children; becauſe

طوطي كفتن آغاز كرد كه در شهري مردي
بود زني داشت نهايت بدخصلت و زبان دراز
روزي مرد براي تقصيري اورا تازيانه زد زن با دو طفل
خورد راه بيابان كرفت اتفاقا شيري را ديد زن ترسيد
و با خود كفت كه بسيار بد كردم كه بي حكم شوي بيرون
آمدم اكر ازين شير هيچ آفت بمن نرسد باز
بخانه روته فرمان برداري او بكنم القصه زن حيله آغاز كرد
و با شير كفت كه اي شير نزد من آ و سخن بشنو
شير متعجب شد و پرسيد كه كدام سخن است
بكو زن كفت كه درين بيابان شيريست بزرك
همه مردمان و چارپايان ازوي مي ترسند پادشاه
سه چهار مردمان را براي خوراك او ميفرستد
امروز نوبت من و اين دو طفل است اكر ميخواهي
ازمن طفلكان را بكير و بخور و ازين دشت بكريز من
نيز مجبر دو تنها شوم و بكريزم شير كفت خوب چون
تو همه احوال خود بمن كفتي مرا مصلحت نيست كه ترا
بخورم

TALE THE TWENTIETH.

The woman who, by a ſtratagem, eſcaped out of the
lion's clutches.

WHEN the ſun ſunk down in the weſt, and
the moon got up in the eaſt, Khojiſteh
went to the parrot to aſk leave, and ſaid, " Ah!
" thou preſerver of my ſecret, take pity on me,
" quickly give me permiſſion ; and whatever you
" may have to ſay, deliver it haſtily." The par-
rot replied, " My miſtreſs, I have repeatedly put
" you to the proof, but have always found you
" wiſe ; you need not my advice : however, if per-
" adventure, any accident ſhould befall you, play
" off a ſtratagem, like the woman in the deſert,
" who, by practiſing artifice with a lion, did not
" ſuffer any injury." Khojiſteh aſked, " What
" kind of a ſtory is that ? "

The

حکایت بستم زني که بحیله از دست شیر خلاص شده بود

چون آفتاب بمغرب رفت و ماه از مشرق بر آمد خجسته بطلب رخصت بر طوطي رفت و گفت اي محرم راز بر من رحم کن و امشب مرا جابر رخصت ده و هر چه تو با من گفتن میخواهي زود بگو طوطي گفت اي کد بانو بارها ترا آزمودم اما ترا عاقل یافتم نصیحت من بتو هیچ درکار نیست لیکن مبادا اگر حادثه در پیش تو آید حیله آغاز کني چنانکه زني در بیاباني باشیر حیله نمود هیچ آفت باو نرسید خجسته پرسد که آن حکایت چگونه است

طوطي

" cazy's interrogatories. The cazy obſerved, The " merchant is dumb, and is not in the leaſt to " blame. The plaintiff aſked the judge, How do " you know he is dumb? at the time I wanted to " tie my mare near his horſe he ſaid to me, Don't " tie; now he feigns himſelf dumb. The cazy " remarked, If he warned you *againſt the accident* " what then is his fault? go from hence; you are " a baſtard, and a blockhead; you have made your " own tongue convict you."

The parrot having finiſhed the ſtory, ſaid, "Now " go to your lover." She wanted to have gone; at the very time the cock crowed, and the dawn appearing, her viſit was put off.

TALE

هر سخن که قاضي از او پرسید هیچ جواب نداد
قاضي گفت این تاجر گنگ است تقصیر او هیچ نیست
مدعي از قاضي گفت که چگونه دانستي که او گنگ
است آنوقت من که نزد اسپ او اسپ مادهٔ خود را
بستن مي خواستم مرا گفته که مبند حالا خود را گنگ
ساخته است قاضي گفت که اگر ترا منع کرده بود
پس تقصیر او چیست تو از اینجابرو بسیار حرام زاده
هستي و احمق که از زبان خود اقرار کردي
طوطي چون این حکایت تمام کرد خجسته را گفت حالا پیش
محبوب خود برو خجسته رفتن خواست همان وقت خروس
آواز کرد و صبح ظاهر شد رفتن او موقوف گردید

حکایت

The parrot began, " In time of yore there was
" a wise merchant, who had a vicious horse. One
" day, during the time the merchant was eating
" a meal, a person arrived on a mare, and, hav-
" ing alighted, wanted to tie his mare near the
" merchant's horse. The merchant said to him,
" Don't tie her near my horse. The man did
" not mind, but tied his mare close to the mer-
" chant's horse; and then sat himself down to
" eat with the merchant: who, thereupon, said,
" What kind of person art thou, thus to sit down
" at my table uninvited? The man feigned him-
" self deaf, and did not give any answer. The
" merchant imagined the man was deaf or dumb,
" and being helpless, said nothing further. A mo-
" ment after, the merchant's horse kicked the
" mare so violently that her belly was ripped open,
" and she died. The owner began to dispute with
" the merchant, saying, Your horse has killed my
" mare, certainly I will make you pay me her va-
" lue. In short, he went and lodged his complaint
" before the cazy, who cited the merchant, and
" he obeyed the summons, but pretended to be
" dumb, and did not give any answer to all the

 cazy's

طوطی آغاز کرد که در زمان پیشین تاجری بود و
عاقل اسپی داشت بدخوی روزی تاجر طعام میخورد
در اثنای آن شخصی براسپ ماده انجا رسید و از
اسپ فرود آمده آن را نزد اسپ تاجر بستن خواست
تا جر باو کفت که نزد اسپ من مبند ان شخص
نشنید و اسپ ماده خود را نزد اسپ تاجر
بست و با تاجر طعام خوردن کرفت تاجر کفت
تو کیستی و چه کسی که بحکم من بامن طعام می خوری
آن شخص خود را کر ساخت و هیچ جواب نداد
تاجر پنداشت که این مرد کر است یا کنگ لا چار
خاموش کردید بعد یک لحظه اسپ تاجر آن ماده را
چنان لکد زد که مشکم او چاک کردید و مرد آن سخص
با تاجر قضیه اغاز کرد و کفت که اسپ تو اسپ ماده مرا
کشت قیمت آن البته از تو خواهم کر فت القصه
آن شخص پیش قاضی رفت و نالش نمود قاضی تاجر
را طلبید تاجر پیش قاضی رفت و خود را کنگ ساخت
هر سخن

The parrot began, ſaying, " In a certain city " lived a man who had a very ill-natured wife, a " great ſcold. One day, having chaſtiſed her for " ſome fault, ſhe, with two infants, took the road " to the deſert. It happened that the woman ſaw " a lion; and, being terrified, ſaid to herſelf, I " have acted very ill in coming abroad without " having the conſent of my huſband: if no cala- " mity befalls me from this lion, I will return home " and be obedient to him. In ſhort, the woman " formed her plan, and ſaid to the lion, Come near " and liſten to my words. The lion was aſtoniſhed, " and ſaid, Speak, what have you to ſay? The " woman ſaid, In this deſert is a mighty lion, the " terror of every man and beaſt; the king ſends " three or four men for his *daily* ſubſiſtence: to-day " the lot has fallen on myſelf and theſe two infants: " take my children and devour them, and then eſcape " from this deſert: I alſo, being alone and unen- " cumbered, may then run away. The lion replied, " Well, now you have told me all your own cir- " cumſtances; it would anſwer no purpoſe for me " to devour either you or your children; becauſe

طوطي گفتن آغاز کرد که در شهري مردي بود زني داشت نهايت بدخصلت و زبان دراز روزي مرد براي تقصيري اورا تازيانه زد زن با دو طفل خورد راه بيابان گرفت اتفاقا شيري را ديد زن ترسيد و با خود گفت که بسيار بد کردم که بي حکم شوي بيرون آمدم اگر ازين شير هيچ آفت بمن نرسد باز بخانه رفته فرمان برداري او بکنم القصه زن حيله آغاز کرد و با شير گفت که اي شير نزد من آ و سخن بشنو شير متعجب شد و پرسيد که کدام سخن است بگو زن گفت که درين بيابان شيريست بزرگ همه مردمان و چارپايان از وي مي ترسند پادشاه سه چهار مردمان را براي خوراک او ميفرستد امروز نوبت من واين دو طفل است اگر ميخواهي از من طفلکان را بگير و بخور و ازين دشت بگريز من نيز مجبور و تنها شوم و بگريزم شير گفت خوب چون تو همه احوال خود بمن گفتي مرا مصلحت نيست که ترا بخورم

TALE THE TWENTIETH.

The woman who, by a ſtratagem, eſcaped out of the
lion's clutches.

WHEN the ſun ſunk down in the weſt, and
the moon got up in the eaſt, Khojiſteh
went to the parrot to aſk leave, and ſaid, " Ah !
" thou preſerver of my ſecret, take pity on me,
" quickly give me permiſſion ; and whatever you
" may have to ſay, deliver it haſtily." The par-
rot replied, " My miſtreſs, I have repeatedly put
" you to the proof, but have always found you
" wiſe ; you need not my advice : however, if per-
" adventure, any accident ſhould befall you, play
" off a ſtratagem, like the woman in the deſert,
" who, by practiſing artifice with a lion, did not
" ſuffer any injury." Khojiſteh aſked, " What
" kind of a ſtory is that ? "

The

حکایت بستم زنی که بحیله از دست شیر خلاص شده بود

چون آفتاب بمغرب رفت و ماه از مشرق بر آمد
خجسته بطلب رخصت بر طوطی رفت و گفت ای
محرم راز بر من رحم کن و امشب مرا جابدر رخصت ده و هر چه
تو با من گفتن میخواهی زود بگو طوطی گفت
ای کد بانو بارها ترا آزمودم اما ترا عاقل یافتم نصیحت من
بتو هیچ درکار نیست لیکن مبادا اگر حادثه در پیش تو آید
حیله آغاز کنی چنانکه زنی در بیابانی باشیر حیله
نمود هیچ آفت باو نرسید خجسته پرسید که آن
حکایت چگونه است

طوطی

"cazy's interrogatories. The cazy obſerved, The "merchant is dumb, and is not in the leaſt to "blame. The plaintiff aſked the judge, How do "you know he is dumb? at the time I wanted to "tie my mare near his horſe he ſaid to me, Don't "tie; now he feigns himſelf dumb. The cazy "remarked, If he warned you *againſt the accident* "what then is his fault? go from hence; you are "a baſtard, and a blockhead; you have made your "own tongue convict you."

The parrot having finiſhed the ſtory, ſaid, "Now "go to your lover." She wanted to have gone; at the very time the cock crowed, and the dawn appearing, her viſit was put off.

TALE

هر سخن که قاضي از او پرسيد هيچ جواب نداد
قاضي گفت اين تاجر گنگ است تقصير او هيچ نيست
مدعي از قاضي گفت که چگونه دانستي که او گنگ
است آنوقت من که نزد اسپ او اسپ ماده خود را
بستن مي خواستم مرا گفته که مبند حالا خود را گنگ
ساخته است قاضي گفت که اگر ترا منع کرده بود
پس تقصير او چيست تو از اينجا برو بسيار حرام زاده
هستي و احمق که از زبان خود اقرار کردي
طوطي چون اين حکايت تمام کرد خجسته را گفت حالا پيش
محبوب خود برو خجسته رفتن خواست همان وقت خروس
آواز کرد و صبح ظاهر شد رفتن او موقوف گرديد

حکايت

The parrot began, " In time of yore there was " a wise merchant, who had a vicious horse. One " day, during the time the merchant was eating " a meal, a person arrived on a mare, and, hav- " ing alighted, wanted to tie his mare near the " merchant's horse. The merchant said to him, " Don't tie her near my horse. The man did " not mind, but tied his mare close to the mer- " chant's horse; and then sat himself down to " eat with the merchant: who, thereupon, said, " What kind of person art thou, thus to sit down " at my table uninvited? The man feigned him- " self deaf, and did not give any answer. The " merchant imagined the man was deaf or dumb, " and being helpless, said nothing further. A mo- " ment after, the merchant's horse kicked the " mare so violently that her belly was ripped open, " and she died. The owner began to dispute with " the merchant, saying, Your horse has killed my " mare, certainly I will make you pay me her va- " lue. In short, he went and lodged his complaint " before the cazy, who cited the merchant, and " he obeyed the summons, but pretended to be " dumb, and did not give any answer to all the

طوطي آغاز كرد كه در زمان پيشين تاجري بود
عاقل اسپي داشت بدخوي روزي تاجر طعام ميخورد
در اثناي آن شخصي براسپ ماده انجا رسيد واز
اسپ فرود آمده آن را نزد اسپ تاجر بستن خواست
تاجر باو گفت كه نزد اسپ من مبند ان شخص
شنيد و اسپ ماده خود را نزد اسپ تاجر
بست و با تاجر طعام خوردن گرفت تاجر گفت
تو كيستي و چه كسي كه بحكم من بامن طعام مي خوري
آن شخص خود را كر ساخت و هيچ جواب نداد
تاجر پنداشت كه اين مرد كر است يا گنگ لاچار
خاموش گرديد بعد يك لحظه اسپ تاجر آن ماده را
چنان لگد زد كه شكم او چاك گرديد و مرد آن شخص
با تاجر قضيه اغاز كرد و گفت كه اسپ تو اسپ ماده مرا
كشت قيمت آن البته از تو خواهم گرفت القصه
آنشخص پيش قاضي رفت و نالش نمود قاضي تاجر
را طلبيد تاجر پيش قاضي رفت و خود را گنگ ساخت

TALE THE NINETEENTH.

The merchant, and how a perſon's mare was killed.

WHEN the ſun had gone down in the weſt, and the moon was riſen in the eaſt, Khojiſteh put on fine attire, and, going to the parrot, ſaid, " Although I am able of myſelf to go to my " lover, ſtill I do not think it adviſeable without " your conſent; becauſe I rely on your judgment: " be expeditious to-night in giving me permiſſion." The parrot anſwered, " My miſtreſs, they who are " wiſe do nothing without deliberation; you poſſeſs " a good underſtanding, and therefore will never " act raſhly. I am well aſſured, that if any one " ſhould chuſe to act inimically towards you, ſuch " will be your management that no misfortune will " befall you: juſt as the merchant wiſely contrived." Khojiſteh aſked, " What is the nature of his " ſtory?"

حکایت نوزدهم تاجر و کشته شدن اسپ مادهٔ شخصی

چون آفتاب بمغرب رفت و ماه از مشرق بر آمد خجسته پارچه نیکو پوشیده بر طوطی رفت و گفت ای طوطی اگر چه می توانم که پیش محبوب خود بروم لیکن بی رخصت تو مصلحت خود نمی بینم زیرا که بر عقل تو اعتماد دارم امشب مرا جلد رخصت کن طوطی گفت ای کدبانو عاقلان بدون مصلحت کار نمیکنند تو خود عاقل هستی ازین سبب بی مشورت تو هیچ کار نمیکنی یقین میدانم که اگر مبادا کسی با تو دشمنی خواهد نمود تو چنان تدبیر خواهی کرد که هیچ بلا بتو نرسد چنانکه تاجری حکمت و حیله نمود خجسته پرسید که حکایت او چگونه است

طوطی

" secret, or otherwise both your sister and myself
" will suffer disgrace. Chunder's sister laughed; and
" then slept with the Arab. When it was near
" morning, the Arab repaired to Chunder, who asked
" him how he had passed the night. He told her all
" the circumstances about the husband, and shewed
" her his back. Chunder was greatly ashamed of
" herself; but knew not how pleasantly he had passed
" the night with her sister."

The parrot having finished the story, said to Khojisteh, " Now, arise and go to your sweet-heart." She wanted to have gone, but the cock crowed, and the morning appearing, her departure was deferred.

TALE

بجای خود فرستاده است به بین که برای او چه تازیانه خوردم حالا
ترا باید که با من بخسپی ورازمن فاش نکنی وگرنه
من و خواهر تو هردو رسوا خواهیم شد خواهر چندر
خندید و با عرابی خفت چون اندکی شب باقی ماند
اعرابی نزد چندر رفت چندر با عرابی پرسید که شب
ترا چگونه گذشت اعرابی همه احوال شوهر تقریر
کرد و پشت خود با و نمود چندر نهایت شرمنده شد
وندانست که همه شب با خواهر او عیش کرد
طوطی چون این سخن تمام کرد خجسته را گفت که حالا
برخیزو پیش معشق خود برو او خواست که برود خروس
آواز کرد صبح ظاهر شد رفتن خجسته موقوف گشت

حکایت

" said could not prevail on the Arab either to drink,
" or to open his mouth, or even to take the bowl from
" his hand. The husband fell into a rage, and be-
" gan scourging him, saying, Notwithstanding I shew
" you so much indulgence, you will not open your
" lips, nor give any answer to my words. In short,
" he flogged the Arab so unmercifully that his skin
" was black and blue When Chunder's husband left
" the Arab, he both wept and laughed. At that junc-
" ture came Chunder's mother, and said, I am conti-
" nually admonishing you; why will not you make
" a friend of your husband ? If you pine after Besheer,
" your husband will not see your face again. The mo-
" ther went away, and said to Chunder's sister, Go
" and sit with her, and ask her why she will not
" agree with her husband. Chunder's sister ap-
" proached the Arab, who, at the sight of her face,
" forgot what he had suffered from the flogging,
" and putting his head out of the sheet said, Ah,
" madam, your sister is gone to-night to Besheer,
" and sent me to fill his place; see what a flogging
" I have undergone for her sake; come now, and
" pass the night with me, in order to preserve my

                                        " secret,

امرا بخور اعرابي قبول کرد و درخانهٔ او رفت چون شوهر چندر رسید و قدح پر شیر آورد هرچند که براي خوردن مبالغه نمود اعرابي لب نکشاد و قدح را از دست او نگرفت شوهر غصه کردید و از تازیانه او را زدن آغاز کرد و کفت هرچند که با تو لطف مي نمایم تو دهن خود نمي کشائي و جواب سخن من نمیدهي القصه انچنان تازیانه زد که پشت او کبود کردید چون شوهر چندر رفت اعرابي میکریست و میخندید دران اثنا مادر چندر آمد و کفت که ترا همیشه نصیحت میکنم چرا شوي خود را دوست نمیداري اکر براي بشیر در غم هستي باز روي شوهر نخواهي دید مادر چندر رفت و خواهر چندر را کفت که تو نزد چندر بنشین و او را نصیحت کن که با شوهر چرا نمیسازد خواهر چندر نزد اعرابي رفت اعرابي چون روي خواهر چندر بدید درد زدوکوب خود فراموش کرد و سر از چادر بر آورد و با او کفت که اي زن خواهر تو امشب نزد بشیر رفته و مرا بجاي

" her to another place: and Besheer was bewail-
" ing their separation day and night. One day,
" he said to an Arab, with whom he had been long
" intimate, I want to visit Chunder, but come you
" along with me: the Arab consented. In short,
" they both set out together. When they arrived
" near Chunder's dwelling, they alighted under a
" tree; Besheer sent the Arab, who went to her house,
" and presented his friend's compliments. Chunder
" said, At night I will be under that tree. At night
" Chunder went to the spot, when Besheer clasped
" her round the waist, and the lovers were united.
" Beesher asked if she could continue there the whole
" night; she answered, No, unless the Arab un
" dertook a commission, in which case she would be
" able to stay. The Arab asked, what he was to do;
" Chunder said, Put on my gown, enter my house,
" and sit down in the court-yard: when my husband
" comes with a bowl of milk, and gives you to
" drink, don't take the bowl, neither uncover your
" face; upon which he will place the milk near you
" and go away; afterwards drink it. The Arab
" consented, and got into her house. When Chun-
" der's husband came with the bowl of milk, all he

میگریست روزی بایک اعرابی که دوست قدیم
او بود گفت میخواهم که نزد چندر بروم لیکن تو
همراه من بیا اعرابی قبول کرد القصه هر دو کسان
باهم روانه شدند چون متصل دیره چندر رسیدند
زیر درختی نزول کردند بشیر اعرابی را نزد چندر
فرستاد اعرابی بخانه او رفت و سلام بشیر بچندر
رسانید چندر گفت که وقت شب زیر آن درخت
خواهم آمد چون شب شد چندر انجا رفت و
بشیر چندر را در کنار گرفت عاشق بمعشوق پیوست
بشیر گفت می توانی که امشب اینجا باشی
گفت نه لیکن اگر اعرابی کاری بکند تا میتوانم
اعرابی گفت آن چیست چندر گفت که جامه من
بپوش و درخانه من برو و در صحن خانه بنشین چون
شوهر من بیاید و قدح شیر بیارد و ترا بدهد و بگوید که
بخور تو آن قدح را مگیر و روی خود مکشای هرگاه او قدح
شیر نزد تو خواهد نهاد و بیرون خواهد رفت پس
آنرا

TALE THE EIGHTEENTH.

Of the intimacy of Besheer, with a woman named Chunder.

WHEN the sun sunk into the west, and the moon appeared in the east, Khojisteh, with an aching heart, came to the parrot, and said, "I "come to you every night, to ask leave, and not to "hear admonition." The parrot answered, "Make "yourself easy, Khojisteh, for now I will quickly "unite you with your friend; just as the Arab who "first suffered distress, and at length obtained "satisfaction." Khojisteh asked, "What is the "nature of his story?"

The parrot began, "In a city was a youth called "Besheer, who had formed an intimacy with a wo-"man named Chunder. After some days, their se-"cret became public. Chunder's husband removed

حکایت هژدهم بشیر که بازنی چندر نام دوستی کرده بود

چون افتاب بمغرب رفت و ماه از مشرق بر آمد خجسته با دل غم آلود پیش طوطی رفت و گفت ای طوطی هر شب بطلب رخصت نزد تو می آیم نه برای شنیدن نصیحت طوطی گفت ای خجسته خاطر جمعدار که حالا جلد با دوست خواهی پیوست چنانکه اعرابی اول محنت کشید آخر راحت یافت خجسته پرسید که حکایت او چگونه است

طوطی آغاز کرد که در شهری جوانی بود بشر نام داشت بازنی چندر نام دوستی کرد بعد چند روز راز ایشان فاش شد شوهر چندر او را بجای دیگر برو بشر از مفارقت او روز و شب میگریست

" monkies the third ; wolves made up the fourth " rank, lions the fifth, and elephants the sixth rank. " Whenever the jackals barked, the leader also " made a noise along with them, and no one found " him out. But after some days, this leader becom-" ing ashamed of the other jackals, removed them " to a distance, and placed the lions and elephants " near himself: at night, the jackals began to howl, " when the leader joined in their noise. The " beasts who stood near him, discovered who he " was: they were ashamed of themselves, and fal-" ling on the leader, ripped up his belly."

The parrot having finished the story, said to Khojisteh, " My mistress, the vices and virtues of every " individual may be discovered by his conversation. " Go, now to your lover, and talk with him, in " order to learn his character." Khojisteh wanted to go; immediately the cock crowed, and morning appearing, her visit was deferred.

و بوزنه درصف سیوم و کرکان درصف چهارم و
شیران در صف پنجم و پیلان در صف ششم
هرگاه که شغالان بانک میکردند سردار هم همراه آنها آواز
می نمود کسی این را معلوم نمیکرد بعد چند روز ان شغال
سردار از شغالان و یکمر نگ کردن گرفت و آنها را
از نزد خود دور کرد و نزدیک خود شیر و پیل را جا داد
چون وقت شب شد شغالان بانک
آغاز کردند سردار هم آواز کردن گرفت
جانوران که نزد او ایستاده بودند دانستند که او کیست
در دل خودها شرمنده شدند و سردار را گرفته شکم
او چاک کردند

طوطی چون این حکایت تمام کرد خجسته را کفت که ای
کد بانو عیب و هنر هر کدام از زبان او معلوم می شود
حالا پیش معشوق خود برو و با او کفتگو کن عیب و
هنر او معلوم خواهد شد خجسته رفتن خواست در حال
خروس آواز کرد و صبح ظاهر یشد رفتن او موقوف کردید

The parrot answered, " A man's virtues and vices
" are discovered by his conversation : but have you
" not heard the story of the jackal ?'" Khojisteh
desired to hear it.

The parrot said, " A jackal had made a practice
" of going to a city, where he thrust his muzzle
" into vessels belonging to different people. One
" night, according to custom, he went to the house
" of an indigo-maker, and having thrust his head
" into a jar of indigo, it happened that he fell in
" bodily, and found great difficulty in getting out
" again : his whole body was dyed blue. When
" he went to the desert, all the beasts seeing such a
" wonderful figure, conceived him to be some mighty
" animal. The corps of jackals made him their
" leader, and obeyed his commands. The jackal,
" in order that nobody might discover him by his
" voice, made other weak animals stand near him.
" Thus, during the levee, the jackals formed the
" first rank, the foxes the second, the deer and the
" monkies

میکوئی پس چگونه احوال او معلوم کنم طوطی
گفت عیب و هنر آدمی از زبان او معلوم میشود
مگر حکایت آن شغال نشنیدهٔ خجسته پرسید آن
چگونه است

طوطی گفت که شغالی همیشه در شهر میرفت و در
ظروف مردمان دهن می انداخت شبی بعادت
معهود بخانهٔ نیل گری رفت و درون خم نیل سر
انداخت اتفاقا همه تن او در خم افتاد و از محنت
بسیار بیرون آمد تمام اندامش نیلگون گردید
چون در بیابان رفت همه جانوران بشکل عجیب
دیدند دانستند که این کلان جانور است همه
شغالان او را سردار خود کردند و در حکم او
محکوم گردیدند شغال از برای انکه او را کسی از
آواز نشناسد دیگر جانوران ضعیف را نزد خود
ایستاده میکرد چنانچه وقت دربار شغالان در صف
اول ایستاده میشدند و روباه در صف دوم و آهوان
و بوزنه

The parrot having finifhed this difcourfe, faid to Khojifteh, "Whofoever will not liften to the ad-" vice of friends, will fuffer like this unlucky man. " Now arife, and go to your lover; for this is a lucky " hour. Khojifteh wanted to have gone immedi-" ately, but the morning cock crowed, and day ap-" pearing, her departure was delayed.

TALE THE SEVENTEENTH.

How the jackal was made king, and then killed.

WHEN the fun defcended into the weft, and the moon rofe in the eaft, Khojifteh went to the parrot to afk leave. Seeing the parrot fitting penfive, fhe faid, " Why are you thoughtful?" The parrot replied, " You are of a great family, I know " not whether your lover is alfo of noble defcent. If " his family is found to be great like your's, there can " be no harm in forming a friendfhip with him, nay " it is defirable; but otherwife it fhould be avoided." Khojifteh anfwered, " Alas, guardian of my fecret, " you fay true; how can I learn his character?"

The

چون طوطی این سخن تمام نمود خجسته را گفت که هرکه
سخن دوستان نشنود همان باید چنانکه آن بدبخت دید
حالا برخیز و بجانب دوست خود برو که این ساعت
نیک است خجسته خواست که برود در حال خروس
صبح بانگ برزد و صبح ظاهر شد رفتن او موقوف گردید

حکایت هفدهم پادشاه شدن شغال و کشته شدن او

چون آفتاب بمغرب رفت و ماه از مشرق بر آمد
خجسته بطلب اجازت بر طوطی رفت دید که طوطی
متفکر نشسته پرسید که ای صاحب عقل چرا
متفکر نشسته طوطی گفت تو عالی خاندان هستی
نمیدانم که معشوق تو نیز عالی خاندان است یا
کمینه اگر همچو تو بزرگ قوم است با او دوستی
کردن مضایقه ندارد بلکه بهتر است و گر نه مصلحت
نیست خجسته گفت ای محرم راز من تو راست
میگوی

" had gone a little farther, the ſecond man's ball fell
" from his head, on which ſpot a ſilver mine was
" diſcovered: he ſaid, If you are willing, remain here,
" this ſilver is your property: they were not ſatiſ-
" fied. When they had gone on, another man's ball
" fell from his head, and he digging there, found
" a gold mine: he ſaid to the fourth perſon, No
" metal is preferable to gold, I wiſh that you and
" I ſhould fix here. He anſwered, Farther on, there
" will be a mine of precious ſtones: why ſhould I
" ſtop here? He went on a coſe, when his ball fell
" from his head, and on digging the ground, he ſaw an
" iron mine. Repentant, he ſaid, Why did I quit the
" gold mine, and reject the advice of my friend?
" In ſhort, he returned from thence, but neither
" found his friend, nor the gold mine. He ſaid to
" himſelf, No perſon can find beyond what is his deſ-
" tiny. He ſet out again towards the iron mine, but
" notwithſtanding all his ſearch could not regain it.
" Helpleſs, he went in queſt of the philoſopher, who
" was not to be found. Reduced to extreme po-
" verty, he bewailed his folly."

چون قدری راه رفتند مهره دویم شخص از سر افتاد
وانجا کان نقره ظاهر شد او گفت اگر بخواهید اینجا
باشید این سیم از شما است آنها راضی نشدند چون
پیشتر رفتند مهره دیگر کسی از سر افتاد وانجا کاوید کان زر
پیدا شد یار چهارم را گفت هیچ نقد خوبتر از زر
نیست نمیخواهم که من و تو اینجا باشیم او گفت که
پیشتر کان جواهر خواهد بود چرا اینجا خواهم بود چون یک
کروه راه رفت مهره او از سر افتاد چون آن زمین
را کاوید کان آهن دید پشیمان گردید که چرا کان زر را
گذاشتم و سخن دوست نشنیدم القصه انجا باز
رفت نه آن دوست را دید نه کان زر یافت باخود
گفت که زیاده از نصیب کسی نمی یابد باز بطرف
کان آهن روانه شد و هرچند جست نیافت لاچار
نزدیک فیلسوف رفت و او را انجا ندید مسکین نهایت
پشیمان گردید

" ought to be attended to; and they who refufe to
" hearken to the voice of friends, will repent it, as
" a certain perfon did." Khojifteh defired to hear
the ftory.

The parrot faid, " Once on a time in the city of
" Balkh, there were four perfons, men of property,
" who united together in friendfhip. It happened
" that they all became poor: and all four repaired
" to a philofopher, and told him the circumftances
" of their diftrefs. The philofopher had compaf-
" fion on them, and gave each a miraculous ball,
" which he ordered them to place on their refpec-
" tive heads, and to fet out, and faid, Wherever the
" balls fall from your heads, there dig, and what-
" ever is your deftiny, will come out of the ground,
" take it. The four friends, according to the phi-
" lofopher's directions, fet out together: when they
" had gone five cofe, the ball fell from one of
" their heads; he dug on the fpot, and found cop-
" per. He faid to his three friends, I prefer this
" copper in hand to gold in expectancy; if you de-
" fire it, continue here. They did not accept of
" his offer, but proceeded on their way. When they
" had

زیرا که هر کس که سخن دوستان نشنود
او پشیمان میشود چنانکه شخصي پشیمان شده بود
خجسته پرسید که آن حکایت چگونه بود

طوطي گفت که وقتي در شهر بلخ چهار یار
بودند هر چهار کس مالدار و صاحب کالا بودند
و باهم دوستي مي داشتند اتفاقاً همه مفلس
گردیدند و هر چهار کس پیش فیلسوفي رفتند و احوال
مفلسي خود را بیان نمودند فیلسوف بر آنها رحم آورد
و هر یک را یک مهره حکمت داد و فرمود که این
مهره بر سر خود نهید و روانه شوید هر جا که مهره
شمایان از سر بیفتد همان جا بکاوید و هر چه از نصیب
شمایان از زمین بر آید بگیرید هر چهار یار بموجب فرمودهٔ
حکیم روانه شدند چون چند کروه رفتند مهرهٔ یکي از سر افتاد
آنجا کاوید مس ظاهر شد دیگر یاران را گفت که من
این مس را از زر بهتر مي پندارم اگر شمایان بخواهید
اینجا باشید آنها قبول نکردند و پیشتر روان شدند

چون

The parrot having concluded the ſtory of Zemen, ſaid to Khojiſteh, " Ariſe and go to your lover, " hold not delay to be lawful." When Khojiſteh intended to have gone thither, the cock flapped his wings, and morning appearing, her departure was deferred.

TALE THE SIXTEENTH.

Four rich perſons, who became poor.

WHEN the ſun deſcended into the caverns of the weſt, and the moon came out of the eaſt, Khojiſteh, with aching breaſt and weeping eyes, went to the parrot, and ſaid " Alas, you green coat, the " ſorrows of love overwhelm me; every night you " make me loſe my time, by your admonitions and " diſcourſe: I am in love, of what uſe is admoni- " tion to me"? The parrot replied, " My miſtreſs, " what a ſpeech is this? however the words of friends

" ought

طوطي چون این حکایت ززیر تمام کرد خجسته را گفت برخیز و پیش دلبر خود برو توقف جایز مدار چون خجسته برخاست وقصد رفتن انجا نمود خروس بال بگشاد و آواز نمود وصبح ظاهر شد رفتن خجسته موقوف کردید

حکایت شانزدهم چهار کس مالدار و مفلس شدن انها

چون آفتاب بقعر مغرب فرو رفت وماه از مشرق بر آمد خجسته سینه بریان و چشم گریان پیش طوطي رفت و گفت اي سبز پوش غم عشق بر من گران است تو هر شب از نصیحت و گفتگوي وقت من ضایع میکني من عاشقم مرا با نصیحت چه کار طوطي گفت اي کدبانو این چه سخن است لیکن سخن دوستان باید شنید زیرا که

" ed a large fum of money in his purfe, he fet
" out for his own houfe; and alighting at a place,
" kept awake till midnight: when, falling afleep, a
" thief pulled out his purfe of gold, and ran away
" with it. Zereer awoke, ran after the thief, but
" could not catch him. Helplefs, he returned to that
" city, and there followed his bufinefs again for fome
" years longer; and when he had acquired a farther
" fum of money, once more took the road to his own
" houfe. At night he lodged at a place, when, not-
" withftanding all his precautions, a thief carried off
" his money. Reduced to poverty, he faid to him-
" felf, It is not my fortune to be rich, and therefore
" the thief has taken away my property. Then he
" returned home empty handed, and acquainted his
" wife with what had befallen him. She faid, Did
" I not tell you, at firft, that you could not any
" where acquire beyond what is your deftiny; re-
" gardlefs of my words you went a journey, fay
" now what benefit have you experienced? Zereer
" was afhamed of himfelf."

Y 2

The

در کیسه او جمع شد بخانه خود روانه گشت و بوقت
شب در جاي مقام کرد و تا نیم شب
بیدار ماند چون بخواب رفت وزدي کیسه زر
او را بر کشید و برد و از انجا گریخته رفت زر پیر
بیدار شده دنبال دزد دوید و او را گرفتن نتوانست
لاچار باز در ان شهر رفت و باز چند سال
در انجا کسب کرد چون نقد بسیار جمع شد باز
راه خانه خود پیش گرفت و بشب جاي نزول
کرد هر چند احتیاط نمود لیکن نقد او را دزد برد
مسکین با خود گفت که در نصیب من دولت نیست
ازین سبب دزد مي برد پس تهیدست بخانه
رسید و احوال خود با زن گفت زن جواب داد
که اول ترا من نگفته بودم که زیاده از نصیب
کسي جانخواهي یافت سخن من نشنیدي و بسفر
رفتي بگو که الحال چه فایده یافتي زر پیر شرمنده
گردید

طوطي

The parrot began, "In a certain city was a man
" named Zereer, who was continually weaving silken
" stuffs, without allowing himself a moment's relaxa-
" tion; nevertheless, he gained nothing. Zereer had
" a friend who wove coarse cloths. One day he went
" to his friend, whose house he saw full of gold and ef-
" fects, such as are in the dwellings of the rich. Ze-
" reer said to himself, How comes it that I who weave
" stuffs for the rich, and dresses for princes, have
" not salt to my bread? and from whence has this
" inferior workman acquired so much wealth? When
" Zereer returned home, he said to his wife, In
" this city nobody knows the value of my abilities, nor
" makes any account of my profession. I must
" go to some other city, where my skill will be
" valued, and myself more regarded. His wife said,
" Whatever is your destiny, will happen to you in
" this place; you will never acquire a livelihood
" beyond what fate has alotted you. In short, Ze-
" reer did not listen; but went a journey, and hav-
" ing arrived at another city, dwelt there some time,
" and followed his occupation. When he had hoard-

طوطي اغاز نمود که در شهري از شهرها زرير نام مردي بود
هميشه پارچهٔ ريشمي بافتي و يکدم آرام نکردي
ليکن اورا هيچ فايده نشد زرير را دوستي بود
پارچه کنده مي بافت روزي زرير بخانهٔ دوست رفت
خانه اورا پر از زر و اسباب همچو خانهٔ توانگران ديد
زرير با خود گفت که من پارچهٔ توانگرانه و خلعت
پادشاهانه مي بافم چرا نمک بانان من نيست
اين کنده باف چندين مال از کجا يافت زرير چون
در خانهٔ خود رفت با زن خود گفت که درين شهر
قدر من کسي نميداند و کسب مرا هيچ نمي شمارند
مرا بشهر ديگر بايد رفت زيرا که بجاي ديگر حرمت من
بسيار خواهد شد و عزت من افزود خواهد گرديد
زنش گفت که هرچه در نصيب تست همين جا خواهد شد
روزي زياده از نصيب چيزي در دست تو نخواهد امد
القصه زرير نشنيد و بسفر رفت و در شهري رسيده
مدتي در انجا بماند و کسب نمود چون مبلغ بسيار
در کيسه

TALE THE FIFTEENTH.

Zereer the weaver, whom fortune would not befriend.

WHEN the sun set, and night came, after the first watch, Khojisteh, having put on fine clothes, came to the parrot, and said, " Alas! my
" friend, you have been a long time giving your con-
" sent; and I have heard many of your speeches;
" but your friendship has not benefited me in any
" degree. The parrot answered, Ay, my mistress!
" why art thou angry with me? I constantly endea-
" vour to raise your desires; however your fortune is
" not propitious, but like that of Zereer, which
" would not befriend him". " Khojisteh asked, What
" is the story of Zereer"?

The

قصه پانزدهم زرير پارچه باف و ناياري كردن بخت او

چون آفتاب فرو رفت وشب در آمد خجسته بعد
يك پاس شب پارچه نيكو پوشيد و بر طوطي رفت
و گفت كه اي دوست من زماني ترا آزموده‌ام و سخنهاي
بسيارت شنيدم اما زدوستي تو مرا هيچ فايده نشد
طوطي گفت اي كدبانو چرا بر من خصه ميشوي من
ترا هر شب ترغيب ميدهم مرا چه گناه است بخت تو
خوب نيست چنانكه بخت زرير با او موافقت نكرد
خجسته پرسيد كه حكايت زرير چگونه است

طوطي

" her cubs cry. The syagoash called out to the " female, Do you quiet the young ones; to-day I " shall find lion's flesh, because the monkey, who " is my friend, has bound himself by an oath to " deceive the lion and bring him hither this day; " do you wait a little and silence the cubs—suf- " fer them not to make a noise: if he should " discover my voice he will not come here. When " the lion heard these words, he immediately seized " the monkey, and having torn him in pieces, " took to flight, and never returned to that place " again."

The parrot having concluded the tale of the syagoash, said to Khojisteh, "Arise, and go to your lover." Khojisteh wanted to have gone, at the very time the morning birds made a noise, and day appearing, her departure was put off.

TALE

نمود سیاه گوش گفت که ای مادر بچگان را
خاموش کن امروز گوشت شیر البته خواهم
یافت زیرا که بوزنه دوست من است او با من
وعده کرده و سوگند خورده است که امروز شیر
را از حیله و فریب خواهد آورد تو چندی توقف
کن و بچگان را خاموش گردان آواز مکن
خاموش شو اگر او از مایان خواهد شنید
اینجا نخواهد آمد شیر چون این سخن بشنید
در حال بوزنه را گرفت و پاره پاره کرد و گریخت
و باز آنجا نیامد

طوطی چون این حکایت سیاه گوش تمام کرد
خجسته را گفت که برخیز پیش معشوق خود برو خجسته
خواست که برود همان وقت مرغان صبح آواز کردند
و صبح پدید آمد و رفتن خجسته موقوف گشت

قصه

" the young ones began to cry. The syagoash " asked, Why do the cubs cry? The dam answered, Because they are hungry. The syagoash proceeded, What is there nothing remaining " of that quantity of lion's and human flesh which " was given them yesterday? The female said, " They will not eat stale meat; they want some " that is fresh. The syagoash said to the whelps " Make your minds easy, and have a little patience, I have heard that our lion will be here " to-day; and if this intelligence is true, then, " please God, you shall have plenty of fresh meat to " devour. The lion was alarmed at hearing those " words of the syagoash, not knowing him to be " a syagoash. He then fled from the spot, and " asked the monkey, Did I not tell you that some " mighty animal is in my dwelling? The monkey said, Be not afraid, for this animal is very " feeble and diminutive, and he speaks those words " in order to deceive. The lion once more approached his home, and the female syagoash again made

X 2

 " her

بچگان گریستن آغاز کردند سیاه گوش پرسید
که بچگان چرا میگریند ماده جواب داد که گرسنه
هستند سیاه گوش گفت که دیروز چندین
گوشت شیر و آدم داده از آن هیچ باقی نیست
ماده گفت که گوشت شبینه نمی خورند تازه میخواهند
سیاه گوش بچگان را گفت خاطر جمع دارید و اندک صبر
بکنید شنیده ام که شیر اینجا امروز در اینجا
آمده است اگر این سخن راست است
انشاالله تعالی بسیار گوشت تازه خواهم خورانید
شیر چون این سخن سیاه گوش شنید
ترسید و ندانست که این سیاه گوش است
پس از انجا گریخت و بوزنه را گفت که ترا نگفتم
که در خانهٔ من جانوری زور آور است بوزنه
گفت که مترس که ان جانور بسیار ضعیف
و خورد است او این سخنان فریب میگوید شیر
باز نزد خانهٔ خود رفت ماده بچگان را باز گریان
نمود

" is to ſport with one's own blood. The male " replied, Aye, miſtreſs, when the lion comes, I " will drive him away from hence by ſtratagem. " In ſhort, after ſome days, intelligence arrived " that the lion was coming. The monkey went " out to meet the lion, and told him all the " circumſtances about the ſyagoaſh, and ſaid, I " remonſtrated, when he anſwered, I have diſco- " vered that this place is part of my patrimony. " The lion ſaid to the monkey, It cannot be a " ſyagoaſh, how could ſuch an animal uſurp my " place! it ſhould ſeem that it is ſome beaſt " who is ſtronger than myſelf. The monkey anſ- " wered, He is not ſtronger than you. The lion " ſaid, How you talk! there are many animals " who exceed me in ſtrength. The lion, terri- " fied, ſet out for his home, and arrived near " the ſpot. Before the lion's arrival, the ſyago- " aſh thus inſtructed his female: When the lion " comes near the dwelling, make your young ones " cry, and if I ſhould aſk, Why do the cubs " cry you muſt ſay, They want freſh lion's fleſh " to-day, and will not eat that of laſt night.— " In ſhort, the lion approached the dwelling, and

خواهند آمد از حیله او را از اینجا دفع خواهم نمود القصه بعد
چند روز خبر آمدن شیر رسید بوزنه استقبال
کرد و احوال سیاه گوش تمام با شیر اظهار کرد
و گفت که متعرض شده بودم سیاه گوش
جواب داد است که اینجا از میراث پدر یافته ام
شیر گفت ای بوزنه آن سیاه گوش نیست
سیاه گوش را چه قدرت که جای من ستاند
معلوم میشود که کسی جانور بجای من
قوی تر خواهد بود بوزنه گفت که از تو قوی تر نیست
شیر گفت که این چه سخن است بسیار جانوران اند
که از ما قوی تر اند شیر ترسان طرف جای خود روانه شد
و متصل جای خود رسید سیاه گوش قبل از رسیدن
با ماده خود گفت و مصلحت کرد که چون شیر نزدیک خانه
برسد تو بچگان خود را گریان کن و اگر من بپرسم که
بچگان چرا میگریند بگوئی که امروز گوشت شیر تازه
میخواهند و شب نمیخورند القصه شیر نزدیک خانه رسید

" any enemy of your's ſhould come there, I will " ſet on foot a ſtratagem, as did the ſyagoaſh." Khojiſteh aſked, " What is the ſtory of the ſya- " goaſh?"

The parrot ſaid, " In a deſert dwelt a lion, " who had a monkey for his favourite. It hap- " pened that the lion went a journey to ſome " place; previous to his departure, he delivered " over his dwelling to the charge of the monkey. " During the abſence of the lion, a ſyagoaſh " took poſſeſſion of his dwelling place; becauſe it " was a good ſpot, and choſe it for his habita- " tion. The monkey ſaid to the ſyagoaſh, This " is the lion's reſidence, how can you preſume " to take up your abode here without his permiſ- " ſion? The ſyagoaſh replied, I have diſcovered " that this place is my paternal inheritance; what " news have you? The monkey was ſilent. The " female ſyagoaſh ſaid to the male, It is not ad- " viſeable to continue here; for to oppoſe a lion

" is

با معشوق خود ملاقات کن واگر کسی دشمن تو آنجا برسد همچو سیاه گوش حیله آغاز کنی خجسته پرسید که حکایت سیاه گوش چگونه است

طوطی گفت که در بیابانی شیری می ماند بوزنه مصاحب او بود اتفاقا شیر جای برای سیر رفت وبوزنه را جای خود سپرد و روانه شد در غیبت شیر سیاه گوش مکان شیر بگرفت بنابر اینکه جای خوب بود بسیار پسند دید و انجا مسکن گزید بوزنه گفت ای سیاه گوش این جای شیر است ترا چه قدرت که بی حکم او درینجا مقام کردی سیاه گوش جواب داد که این جای از میراث پدر یافته ام ترا چه خبر است بوزنه خاموش ماند وماده سیاگوش با سیاه گوش گفت که اینجا ماندن مصلحت نیست زیرا که با شیر برابری کردن بخون خود کوشیدن است نر گفت ای ماده هرگاه شیر خواهد آمد

" ſnake remained ſome days in expectation, after " which, he left the well, and purſued his own " way."

The parrot having finiſhed this Tale, ſaid to Khojiſteh, " Go now, tarry not." Khojiſteh wanted to have gone; at that moment, the animals of morning made a noiſe, and day beginning to break, her departure was deferred.

TALE THE FOURTEENTH.

A lion whom a ſyagoaſh diſpoſſeſſed of his dwelling.

WHEN the ſun was ſunk into the weſt, and the moon ſhone bright, Khojiſteh went weeping to the parrot, and ſaid, " I come to you " every night for leave, and not for the purpoſe " of hearing you relate tales." The parrot anſwered, " No injury can happen to you from my " admonition, but you will ſpeedily derive advan" tage:—Go to-night to meet your lover; and if

" any

پنهان کرد مار چند روز انتظار کرد پس از چاه بر آمد وراه خود پیش گرفت

طوطي چون این حکایت تمام کرد با خجسته گفت حالا برو و دیر مکن خجسته خواست که برود دران اثنا جانوران صبح آواز نمودند و صبح ظاهر شد رفتن خجسته موقوف گردید

حکایت چهاردهم شیر که یک سیاه گوش جاي او گرفته

چون آفتاب بمغرب رفت و ماه تابان گردید خجسته گریان پیش طوطي رفت و گفت که هر شب پیش تو مي آیم براي رخصت نه جهة شنیدن حکایات که تو قصه میگوئي طوطي گفت که ترا از نصیحت من هیچ ضرر نخواهد شد بلکه فایده خواهي یافت امشب زود برو و

با

" the ſnake and the frog ſet out together, and
" arrived at the well in which were the frogs, and
" got into the well. In the courſe of a few days
" the ſnake devoured all the frogs, and made an
" end of them. One day he ſaid to Shapoor,
" Is there not one frog more remaining in the
" well? I am at preſent very hungry; ſpeedily con-
" trive ſome means for my ſubſiſtence, and keep
" me from ſtarving. Shapoor replied to the ſnake,
" Having ſhewn your kindneſs for me, by reveng-
" ing me on the frogs, return now to your own
" habitation. The ſnake ſaid, I will not leave
" you in ſolitude. Shapoor was ſadly alarmed,
" and repented of having aſked aſſiſtance from the
" ſnake. In ſhort, he ſaid to the ſnake, Very near
" this place is another well, where there are plen-
" ty of frogs; if you command it, I will bring
" them here by artifice and ſtratagem. The
" ſnake gave him leave to go. By this device,
" Shapoor having eſcaped out of the well, ran,
" and concealed himſelf in a large pond. The

بکیرم القصه مار وغوک باهم روانه شدند وبران
چاه که غوکان بودند رسیدند واندرون آن چاه
رفتند مار بعرصهٔ چند روز همه غوکان را خورد
وتمام کرد روزي شاپور را کفت که در چاه یک
غوک باقي نماند حالا بسیار کرسنه ام جلد تدبیر
خوراک من کن ومرا کرسنه مکذار شاپور
بمار کفت برمن مهرباني کرده انتقام من از
غوکان کرفتي اکنو بخانهٔ خود برو مار کفت ترا
تنها نخواهم کذاشت شاپور بسیار ترسید
وپشیمان کردید که چرا از مار مدد خواستم
القصه مار را کفت چاهي دیکر ازاینجا بسیار
نزدیک است درانجا غوکان بسیار اند اکر فرمائي
انهارا از حیله وفریب دراینجا بیارم مار اورا
رخصت داد شاپور ازین فریب از
چاه برآمد وکریخت ودر تالابي بزرک خودرا
پنهان

The parrot ſaid, " In the land of Arabia, was " a deep well, in which were a great number of " frogs, one of whom, named Shapoor, was their " chief. Shapoor exerciſed great tyranny and op- " preſſion, whereby the frogs being reduced to the " utmoſt diſtreſs, conſulted together, *ſaying*, we " have barely eſcaped with life under the govern- " ment of Shapoor; we ought to elect ſome other " from amongſt ourſelves to rule over us. Then " they appointed another frog chief, and baniſhed " Shapoor from that place. Shapoor being with- " out reſource, went to the hole of a ſnake, and " ſpoke in a low tone. The ſnake put his head " out of the hole, and on ſeeing the frog laugh- " ed heartily, and ſaid, You, who are a morſel for " me, why come you here to throw away your " life? He anſwered, I am come to you for ad- " vice, and for my own good. Says the ſnake, " ſpeak what you have to ſay. The frog repre- " ſented to the ſnake the circumſtances of his " caſe, and ſaid, I want your aſſiſtance. The " ſnake was much pleaſed; and, ſhewing great civi- " lity to the frog, ſaid, Shew me the well, that " I may avenge you of thoſe frogs. In ſhort,

U " the

طوطی گفت که در ملک عرب چاهی عمیق بود دران چاه غوکان بسیار بودند غوکی بود شاپور نام داشت او سردار غوکان بود شاپور بر همه غوکان بسیار ظلم و ستم کردن گرفت چون غوکان از دست او عاجز شدند با یکدیگر مشورت کردند که مایان از دست شاپور بجان آمده ایم دیگر یکی را از مایان سردار مقرر باید کرد پس غوکان دیگر یک غوک را سردار نمودند و شاپور را ازانجا خارج کردند شاپور لاچار شده نزدیک سوراخ مار رفت و اهسته اهسته او از کرد مار از سوراخ خود سر بر آورد و چون غوک را دید بسیار خندید و گفت تو که لقمهٔ ماهستی چرا برای دادن جان خود پیش ما آمدهٔ گفت برای صلاح و بهبود نزدیک تو آمده ام مار گفت بگو تا چه غرض میداری غوک همه احوال خود پیش مار باز نمود و تقریر کرد که از تو مدد میخواهم مار بسیار خوشوقت شده بر غوک مهربانی نمود و گفت که آن چاه بمن نما که انتقام تو از غوکان بگیرم

TALE THE THIRTEENTH.

Of Shapoor, commander of the frogs, and the ſnake.

WHEN the ſun was ſet and the moon had got up, Khojiſteh put on different kinds of jewels; and, coming to the parrot to aſk leave, ſaid, "I conceive you are very negligent, for every night "I am hearing your advice, but no advantage ac-"crues to me from your counſel, and I cannot "accompliſh my deſire!" The parrot anſwered, "Although there has been great delay in this affair, "nevertheleſs be aſſured I will be the means of "bringing you to your lover. O, Khojiſteh! they are "called wiſe who attend to every buſineſs, and "whoſoever doth not reflect on the event, will re-"pent of it, as Shapoor was ſorry *for his folly*."—Khojiſteh aſked, "Who is Shapoor, and what is the "nature of his ſtory?

The

حکایت سیزدهم شاپور سردار غوک و مار

چون آفتاب غروب بشد و ماه برآمد خجسته انواع
زیورات پوشید و بطلب اجازت پیش
طوطی رفت و گفت ترا بس عاقل می پندارم
و نصیحت تو هر شب می شنوم لیکن مرا از
نصیحت تو هیچ فایده نمی رسد و بمقصود خود نمی رسم
طوطی گفت اگر چه درین کار بسیار درنگ
شده لیکن خاطر جمعدار ترا بمعشوق تو خواهم
رسانید ای خجسته عاقل آنرا گویند که در هر کار
نظر میکند و هر که انجام کار نمی بیند پشیمان میشود
چنانکه شاپور پشیمان گردید خجسته پرسید که شاپور
کدام است و داستان او چه قسم بود
طوطی

" the lion difmiffed the cat, and deprived her of
" the office of cutwal."

The parrot, having concluded the ftory of the
mice, the cat, and the lion, faid to Khojifteh,
" You appear to me very backward, for every
" night you delay; wherefore I am afraid, left
" your hufband may arrive, and you repent, like
" the cat." Khojifteh arofe, and wanted to go to
her lover; at that inftant the found of the morn-
ing cock reached her ears, and morning appearing,
her departure was deferred.

TALE

پشیمان شدند بعد چند روز شیر کربه را جواب داد واز خدمت کوتوالي او را معزول نمود

طوطي چون این حکایت موش و کربه و شیر تمام کرد خجسته را کفت که ترا بسیار کاهان مي بینم زیرا که هر شب توقف میکني میترسم که مبادا شوهر تو برسد و تو چون کربه پشیمان شوي خجسته برخاست و نزد یار خود رفتن خواست همان دم خروش خروس صبح بکوش خورد وصبح ظاهر شد رفتن او موقوف کردید

حکایت

" ing to herself, If I should destroy the mice,
" the lion, having no further occasion for me,
" will deprive me of my office. .One day she
" brought her kitten to the lion, and said, I
" want to go to-day to a place on business; if
" you will permit it, I will go and bring my
" kitten in my stead, and return to-morrow to
" wait on you. The lion granted his assent.
" The cat, having left the kitten there, went her-
" self to another place. The kitten killed all the
" mice she saw, and in one day and night they
" were all destroyed. The next day the cat ar_
" rived, and saw the mice lying dead. She repri-
" manded her kitten, What have you done, why
" have you killed the mice? The kitten said,
" Why did not you speak to me at the time of
" your departure, and forbid me to kill the mice?
" In short they both repented. After some days,

T 2   " the

بر کربه بسیار مهربانی نمود و مرتبه او را زیاده نمود کربه موشان را میترسانید لیکن کاهی کربه موشی را نمیکشت دانست که اکر موش را خواهم کشت شیر را با من هیچ کار نخواهد ماند خدمت از من خواهد کرفت روزی کربه بچهٔ خود را پیش شیر آورد و کفت که امروز برای کار جای رفتن میخواهم اکر حکم شود بچهٔ خود را در جای خود بکذارم و من بروم فردا باز بخدمت خواهم رسید شیر رخصت فرمود کربه بچهٔ خود را انجا کذاشته خود جای دیکر رفت بچه کربه هر موش که دید آنرا کشت و در یک روز وشب همه موشان کشته شدند روز دیکر کربه رسید و موشانرا کشته دید بچه خود را ملامت کردن کرفت که چه کردی موشانرا چرا کشتی بچه اش کفت که تو وقت رفتن خود چرا بمن نکفتی و امتناع بکشتن موشان نکردی القصه هر دو

پشیمان

The parrot began, ſaying, " In a deſert dwelt " a lion, who was very old and decrepit, ſo that " from his age his teeth were decayed; whenever he " eat, ſhreds of meat ſtuck in them: and there being " many mice in that deſart, when the lion went to " ſleep, the mice picked the ſhreds of meat out " of his teeth, whereby his reſt was diſturbed. " The lion conſulted other animals, who were his " courtiers, in what manner to drive away the " mice. A fox ſaid, There is a cat, who is " your ſubject, order her to keep watch here all " night. The lion approved of the fox's advice, " and ſent for the cat; and when ſhe came, he " appointed her to the office of cutwal. The cat " performed the duty of centinel. When the mice " ſaw the cat they decamped. The lion ſlept at " his eaſe, nothing happening to diſturb his re- " poſe. The lion ſhewed great kindneſs to the " cat, and increaſed his rank. The cat frightened " the mice, but never killed any of them, think-

طوطي گفتن اغاز کرد که در بیابانی شیري میماند بسیار پیر و کهنه از سبب پیري رخنها در دندان شیر ظاهر شده بود شیر هرگاه که گوشت مي خورد ریشهٔ گوشت درمیان دندان او میماند و دران بیابان موشان بسیار بودند چون شیر بخواب میرفت موشان گوشت از دندان او میکشیدند ازین سبب خواب شیرین بر شیر تلخ مي شد شیر براي دفع کردن موشان با دیگر جانوران که مصاحب او بودند مشورت کرد روباه عرض نمود که گربه رعیت شما است او را بفرمائید که تمام شب اینجا پاسبانی کند شیر مصلحت روباه را پسندید و گربه را طلب نمود چون گربه حاضر شد شیر خدمت کوتوالي او را فرمود گربه بکار پاسباني مشغول شد موشان چون گربه را دیدند گریختند شیر بخاطر جمعي خواب میکرد و در وقت خواب او را هیچ تصدیعه نمیرسید شیر

بر گربه

TALE THE TWELFTH.

The old lion, and the cat, who having killed the mice, was turned out of office.

WHEN the ſun was ſet, and the moon aroſe, Khojiſteh went to the parrot for leave; and ſeeing him thoughtful, aſked, " Why " art thou penſive?" He anſwered, " I have no " care of my own, but your ſadneſs has thrown " me into ſorrow. The whole night you liſten " to my tales: I am afraid leſt your huſband " ſhould arrive unexpectedly, and that you ſhould " repent of not going; like the cat, who, after " the death of the mice, repented." Khojiſteh aſked, " Why was it ſo? It is very wonderful " how the cat ſhould have cauſe to repent of " killing mice, ſeeing that a mouſe is a cat's " morſel."

The

قصه دوازدهم شیر کهنه و گربه که موشان را کشته خفت یافت

چون آفتاب غروب شد و ماه طلوع نمود خجسته بطلب
رخصت بر طوطي رفت او را متفکر دید و پرسید که
چرا متفکر کشته جواب داد که هیچ فکري ندارم لیکن غم
تو مرا در غم انداخته است تو تمام شب حکایت من مي
شنوي میترسم که شاید شوهر تو ناگاه برسد و از
سبب نرفتن پشیمان شوي چنانکه گربه از کشتن
موشان پشیمان شده بود خجسته پرسید که چرا انچنان
شد بس تعجب است زیرا که موش لقمهٔ گربه است
از کشتن موشان چگونه پشیمان گردید

طوطي

" in hopes of a gift. The lion looked at the " brahmin, told him to approach, and ſhewed him " great kindneſs. He ſaw, lying about, the gold " and jewels of men who had been ſlain ſome " time before: theſe he beſtowed on the brah- " min, and then gave him leave to depart. The " brahmin arrived at his own houſe. Some days " afterwards the brahmin, thirſting for gold, went " again to this lion. That day a wolf and ſome " dogs were attending on the lion: when theſe " ſaw the brahmin, they ſaid, This man is ex- " ceedingly preſumptuous to appear before you un- " invited. The lion was enraged, ſprung up, and " tore the brahmin in pieces."

The parrot having concluded the ſtory, ſaid to Khojiſteh " If the brahmin had not been avari- " cious, he would not have loſt his life; whoſo- " ever is covetous, falls into calamities. One " watch of the night is ſtill remaining, go quick- " ly, meet your lover, and return." Khojiſteh ſtood up, with intention to go; at that inſtant the cock crowed, and the dawn appearing, her departure was delayed.

انعام ایستاده شیر بر برهمن نظر کرد و اورا نزد خود طلبید و بسیار مهربانی نمود آن مردمان را که پیشتر کشته بود زر و زیورات انها افتاده بود به برهمن بخشید و رخصت نمود برهمن بخانهٔ خود آمد بعد چند روز برهمن بطمع زر باز پیش شیر مذکور رفت ان روز کرک و سکان پیش شیر حاضر بودند چون برهمن را دیدند عرض کردند که این آدم نهایت کستاخ است که بی طلب نزد شما آمده است شیر غصه شد و بر جست و برهمن را پاره پاره کرد

طوطی چون این حکایت تمام کرد خجسته را کفت که برهمن اکر طمع نکردی کشته نشدی و هر که طمع میکند در بلاها می افتد حالا یکپاس شب باقی است ای خجسته جلد برو و با معشوق ملاقات کرده بیا خجسته برخاست و عزم رفتن کرد همان دم خروس آواز کرد و صبح ظاهر شد رفتن او موقوف کشت

" mine. Go quickly to-night; but you muſt re-
" turn ſoon, and do not covet any thing that is
" there; for inordinate deſire is ſinful, and who-
" ſoever is avaricious, will meet with the ſame
" fate as the brahmin." Khojiſteh ſaid, " Tell
" me what is that ſtory?"

The parrot began, " In a certain city was a
" rich brahmin, who happening to become poor
" and deſtitute, went a journey. One day he ar-
" rived in a deſert, and ſaw a lion wallowing by
" the ſide of a pond, with a fox and a deer
" ſtanding before him. The brahmin was con-
" founded, and ſtood dreading *the conſequence*. Sud-
" denly the fox and the deer eſpied the brahmin;
" they ſaid to one another, " If the lion ſees,
" he will kill this poor helpleſs fellow; it is ad-
" viſeable that we fall on ſome contrivance, that
" the lion may not only ſpaie his life, but grant
" him ſome donation. The deer and fox began
" bleſſing the lion, Your munificence is ſo re-
" nowned, that a brahmin is come to-day, and is

" in

توقف میکنی تقصیر من هیچ نیست امشب جلد برو لیکن
باید که بجلد مراجعت کنی و در انجا هیچ طمع نه نمائی زیرا که
طمع نمودن بسیار بد است و هر که طمع نمود همان دید
که برهمن دید خجسته پرسید که حکایت آن
چگونه است بگو

طوطی اغاز کرد که در شهری برهمنی بود مالدار
اتفاقاً مفلس گردید لاچار بسفر رفت روزی
در بیابانی رسید و دید که شیری بر کناره
تالاب غلطیده است و روباه و آهو پیش او ایستاده
برهمن متفکر گردید و ترسان ایستاده شد ناگاه
نظر آهو و روباه بر برهمن افتاده انها بایکدیگر گفتند
که اگر شیر خواهد دید این بیچاره مسکین را
خواهد کشت مصلحت انست که حکمتی سازیم
تا شیر اورا نکشد و هیچ چیز انعام دهد آهو و روباه
شیر را دعا کردن گرفتند که سخاوت تو چنان مشهور
شده است که امروز برهمنی آمده است و امیدوار
انعام

When the parrot had finiſhed this tale, he ſaid to Khojiſteh "Now is a good time; ariſe, and go "to your ſweetheart, don't be in the leaſt anx-"ious; for if any difficulty ſhould preſent itſelf "to you, I will teach you a ſtratagem." Khojiſteh wiſhed to have gone, at which time the cock crowed, and morning appearing, her departure was deferred.

TALE THE ELEVENTH.

The lion, and the brahmin, who on account of his avarice, loſt his life.

WHEN the ſun was ſet, and the moon riſen, Khojiſteh went to the parrot for leave, and ſaid, "I am ſenſible you do not trouble "yourſelf about my uneaſineſs, and on that ac-"count do not diſpatch me, but introduce tales." The parrot ſaid, "I wiſh to God, Khojiſteh, "that you ſhould go ſpeedily to your lover; you "yourſelf make the delay; it is no fault of

طوطي چون این حکایت تمام کرد خجسته را گفت که حالا وقت خوب است بر خیز و پیش دلدار خود برو هیچ اندیشه مکن اگر ترا مشکلي پیش خواهد آمد حیله خواهم اموخت خجسته خواست که برود در حال خروس آواز کرد و صبح ظاهر شد رفتن خجسته موقوف کردید

حکایت یازدهم شیر و برهمن که طمع کرده جان خود داد

چون افتاب غروب شد و ماه بر آمد خجسته بطلب رخصت بر طوطي رفت و گفت که میدانم که ترا از درد من خبر نیست ازین سبب مرا رخصت نمیکني و حکایات درمیان مي اري طوطي گفت اي خجسته از خدا میخواهم که تو جلد تر بمعشوق خود برسي تو خود

" had played her a trick, and was gone. When " the ſun came out of the eaſt, ſhe was ſtanding " penſive by the ſide of the pond. At this " juncture arrived a jackal with a bone in his " mouth; when ſeeing a fiſh on the banks of the " pond, he let the bone fall from his mouth, and " ran after the fiſh; the fiſh got into the water, " when the jackal looked again for his bone, in " order to have reſumed it, but could not find it, " a dog having carried it away. When the wo- " man beheld this ſight, ſhe laughed. The jackal " ſaid, What woman art thou, and why art thou " ſtanding here alone? She told the jackal the " whole of her caſe. The jackal ſaid, You had " better do this, Feign yourſelf diſtracted, and go " home acting the part of a mad-woman, laugh- " ing and ſinging, when whoever ſees you, will " forgive you. The woman acted accordingly, " and by means of this artifice, nobody could find " fault with her."

زیور را بر تن و مرد را در بستر ندید بیقین
پنداشت که مرد با ماده غا کرد و کریخت چون آفتاب
از مشرق بر آمد زن بر کنار تالاب متفکر ایستاده
شد در ان اثنا شغالی استخوان در دهان
گرفته انجا رسید و بر کناره تالاب ماهی دید
و استخوان را از دهن انداخت و طرف ماهی
دوید ماهی در آب رفت شغال باز استخوان را
جست بگیرد نیافت آنرا سکی برده بود زن
چون این تماشا دید خندید شغال پرسید که
ای زن تو کیستی و در اینجا تنها چرا ایستاده
زن همه احوال خود با شغال تقریر نمود و شغال
گفت مصلحت آنست که الحال تو خود را دیوانه
سازی و همچون دیوانگان خندان و گریان بخانه
برو هر کس که ترا خواهد دید معذور خواهد داشت
زن همچنان کرد و از سبب این حیله کسی او را
بد گفتن نتوانست

طوطی

" ter a trick, and gave her good advice." Khojisteh asked, " What is the story of the mer-
" chant's daughter and the jackal? tell it at full
" length."

The parrot began, " In a city was an ameer, who
" had a son, an ugly person, and of a bad dis-
" position, and sufficiently stupid. When the son
" arrived at manhood, his father married him to a
" merchant's daughter, a handsome woman, and
" who was a proficient in the art of music. One
" night, whilst she was sitting on the roof of her
" house, a young man was singing a song by the
" side of the wall; the woman hearing his voice,
" fell in love with him; she descended from the
" balcony, and approaching the young man, said,
" I have a stupid ugly husband; can you take me
" away with you? The youth consented, and
" immediately they set off together, and slept un-
" der a tree, by the side of a pond. When the
" woman fell asleep, the man stole her jewels,
" and ran away. When the woman awoke, she
" neither saw the jewels on her person, nor the
" youth beside her; she had no doubt but he

خجسته پرسید که آن حکایت دختر تاجر و شغال
چون است مفصل بگو

طوطي آغاز کرد که در شهري از شهرها اميري بود
پسري داشت کريهه صورت و بد سيرت و بس احمق
چون پسر بالغ گرديد با دختر تاجري شادي کرده داد
زن بسار خوب صورت بود و علم موسقي خوب ميدانست
شبي زنش بر بام حويلي خود نشسته بود
جواني زير ديوار سرود مي سرائيد زن آواز
او شنيده بر او عاشق شد و از بالاخانه
فرود آمد و نزد آن جوان رفت و گفت
که اي جوان شوهري دارم احمق و بد صورت
مي تواني که مرا با خود بري جوان قبول کرد هر دو
في الفور باهم روانه شدند و بر کناره تالاب
بزير درختي خفتند زن چون بخواب رفت مرد زيور
او دزديده از انجا گريخت چون زن بيدار شد
زيور

TALE THE TENTH.

The merchant's daughter, and the jackal.

WHEN the ſun was ſet, and night arrived, Khojiſteh, whoſe heart was inflamed *with love*, went to the parrot to aſk leave, ſaying, "I "have great confidence in your wiſdom, and there-"fore I wait on you every night; if you will "not now give me good counſel, and grant me "aſſiſtance, when will you?" The parrot ſaid, "It is on your account, Khojiſteh, that my heart "is thus afflicted, and for this reaſon I ſhall "be unhappy as long as I live. Every night I "tell you to go to your lover; but you delay, "and liſten to my tales. If perchance your ſe-"cret ſhould be divulged, I will teach you a trick "whereby you will avoid all trouble and diſgrace; "juſt as the jackal taught the merchant's daugh-

حکایت دهم دختر تاجر و شغال

چون افتاب غروب شد و شب در آمد خجسته با سینه
پرسوز بطلب رخصت نزد طوطي رفت و گفت
بر عقل تو بسيار اعتماد دارم ازين سبب هر شب
پیش تو می آیم اگر در ین وقت مرا مصلحت نخواهي داد
پس کی خواهي داد و اگر الحال مرا مدد نخواهي کرد
پس کي خواهي کرد طوطي گفت اي خجسته براي تو
این غم در دل است و من تا جان دارم هرگز ازین
بیغم نخواهم شد ترا هر شب میگویم که پیش محبوب
خود برو لیکن توقف میکنی و حکایات من می شنوي
مبادا راز تو در میان فاش شود ترا حکمتی خواهم اموخت
که از همه بلا و رسوائي دور خواهي ماند چنانکه دختر تاجر را
یک مشغال حکمت اموزانیده بود و مصلحت داده
خجسته

" waked him again, and ſaid, Your father came " here juſt now, took the rings from my ankles, " and carried them away. That old man, whom " I conſider as my father, how could he approach " me at the time I was ſleeping with my " huſband, and taking the rings from my ankles, " carry them away! In the morning the huſ- " band was angry with his father, who diſcloſed " the circumſtance, How in the night he had " ſeen her with a ſtrange man. The ſon ſpoke " harſhly to the father, ſaying, In the night, " when, on account of the heat, my wife and I " were ſleeping under the tree, you came, and " taking the rings from my wife's legs, carried " them away; at the very time my wife waked " me, and informed me of the circumſtance.— " Accordingly the father was greatly aſhamed, and " the wife, by contriving ſuch a trick, eſcaped " unpuniſhed."

The parrot having finiſhed this ſtory of the ſhop-keeper's wife, ſaid to Khojiſteh, " Now ariſe, " and go to him who has robbed you of your " heart." She then wanted to have gone, when " the cock crowing, her departure was put off.

خواب رفت باز او را بیدار کرد وگفت پدر تو اینوقت در اینجا آمده خلخال از پاي من کشیده برد آن مرد پیر مرا همچو پدر راست در چنین وقت که با شوي خود خسپیده ام چرا نزد من آمدو خلخال از پاي من بر کشید و برد چون صبح ظاهر شد شوهر او از پدر غصه شد پدرش احوال شب که با مرد بیگانه دیده بود ظاهر نمود پسر شنخان سخت باپدر گفتن گرفت که بوقت نیم شب به سبب گرما من بازن خود بزیر درخت خفته بودم تو آمدي و خلخال زن من از پا کشیده بردي زن مرا هانوقت بیدار کرد و خبر داد بنابر این پدر او نهایت شرمنده شد زن که بموجب مشورت چنین حیله کرد اورا هیچ زیان نرسید

طوطي چو این حکایت زن دهقان تمام کرد خجسته را گفت که حالا برخیز و نزد دلربائی خود برو خجسته هانوقت خواست که برود خروس آواز داد رفتن او موقوف گشت

حکایت

The parrot began, ſaying, " One day, as a " ſhop-keeper's wife was ſitting on the terrace of " the houſe, a young man ſaw her, and was en- " amoured. The woman perceived that the youth " had fallen in love with her; ſhe called him, " and ſaid, " Come to me after midnight, and " ſeat yourſelf under a tree that is in my court- " yard. After midnight the youth repaired to her " houſe; the woman alſo got out of bed and " went to him, and ſlept with him under the " tree. It happened that the ſhop-keeper's father " at the very time having riſen, on account of " ſome buſineſs, wanted to go out of the houſe; " unexpectedly he ſaw his ſon's wife ſleeping along " with a ſtrange man: he took the rings from " off the woman's legs, ſaying to himſelf, In the " morning I will puniſh her. The woman ſent " away the youth, and going to her own huſband, " waked him, and ſaid, The houſe is very hot; " come, let us ſleep under the tree. In ſhort, the " woman ſlept with her huſband, on that very ſpot " where ſhe and the young man had ſlept toge- " ther. When the huſband was faſt aſleep, ſhe

" waked

کفتن اغاز کرد که روزي زن دهقاني بربام نشسته بود
جواني اورا ديد وعاشق شد زن دريافت که اين
جوان برمن عاشق شده است اورا طلبيد وکفت
که بعد نيم شب پيش من بيا و در زير درختي که در
حويلي من است بنشين جوان بعد دو پاس
شب در خانه او رفت زن نيز از بستر برخاست
و نزد او رفت و بزير درخت با او همبستر شد
اتفاقا پدر دهقان درآن وقت براي کاري
برخاسته خواست که از خانه بيرون رود ناکاه زن
پسر خود را با مرد بيکانه يکجا خفته ديد و خلخال از
پاي زن برکشيد و نزد خود داشت و با خود کفت
که وقت صبح زن را سياست خواهم نمود زن
جوان را رخصت نمود و نزد شوهر خود رفت و اورا
بيدار کرد و کفت که خانه بسيار کرم است
بيا بزير درخت بخسپيم القصه زن درهمانجا که با
جوان خسپيده بود با شوهر خفت چون شوهر در
خواب

TALE THE NINTH.

The ſhop-keeper's wife, who, having an amour with a perſon, confounded her father-in-law.

WHEN the ſun was gone down, and the moon, the fixed ſtars, and the planets appeared, Khojiſteh, undreſſed, came weeping to the parrot, and ſaid, " Alas! my confidential " friend, who ſympathiſe in my diſtreſs, I have " the moſt anxious deſire to ſee my lover, being " extremely afflicted and depreſſed. If it ſeems " adviſeable to you, quickly give me leave to viſit " the poſſeſſor of my heart, or elſe I will bear " with it, although I know that whoever is in " love has not patience." The parrot anſwered, " To you, my miſtreſs, who come to me every " night for leave and advice, thus acting with deli- " beration, no harm can happen. Like the ſhop- " keeper's wife, who having acted conſiderately, " did not ſuffer any injury." Khojiſteh aſked, " How and what is the ſtory of the ſhop-keeper's " wife?"

قصه نهم زن دهقان که بر شخصي عاشق شده خسر خود را شرمنده کرد

چون آفتاب غروب شد و ماه و ستارها و سیارها بر آمدند خجسته عریان و گریان پیش طوطي آمد و گفت که اي محرم راز من واي غمخوار من امروز براي ملاقات و دیدن مشتاق خود بسیار شوق و کمال آرزو دارم و بسا بي تاب و رنجورام اگر مصلحت بیني مرا جلد رخصت ده تا پیش دلبر خود بروم و گرنه صبر کنم اگرچه میدانم که هر که عاشق است او را صبر نمي باشد طوطي گفت که اي کدبانو تو که هر شب پیش من براي رخصت خواستن و مشورت کردن مي آئي از مشورت ترا هیچ زیان نخواهد رسید. چنانچه زن دهقان بسبب مشورت و مصلحت هیچ زیان ندید خجسته پرسید که حکایت زن دهقان چگونه و چون است طوطي گفت

" Having been informed of this to-night, I am " come myſelf: if you will do juſtice in this " buſineſs, it is well; otherwiſe I will go to the " cazy, and ſeparate myſelf from my huſband.— " The neighbours flocked together, and made peace " between her and the merchant. In ſhort, the " woman, by the force of ſcolding, came to her " own terms with her huſband, without ſuffering " any diſgrace."

The parrot, having finiſhed this tale of the merchant, ſaid to Khojiſteh, " Now ariſe, and " go your way to your lover, and make no de- " lay." Khojiſteh ſtood up, to have done ſo; the cock crowed; morning appeared; her viſit was deferred.

امشب خبر این شنیده خود آمده ام اگر شما
انصاف این معنی نمائید بهتر وگرنه پیش
قاضی خواهم رفت و اورا خواهم گذاشت
مردمان همسایه جمع شدند و در میان او و تاجر
صلح کردند القصه زن از قوت زبان درازی با
شوی خود بخانه آمد و هیچ رسوا نشد
طوطی چون این حکایت تاجر تمام کرد خجسته را گفت
حالا بر خیز و راه جانب معشوق خود پیش گیر
هیچ توقف روا مدار خجسته برخاست که همچنان
کند خروس آواز کرد و صبح پدیدار شد رفتن
خجسته موقوف گردید

The parrot began, ſaying, " In a certain city
" was a rich merchant, who had a handſome wife.
" Once on a time this merchant travelled to another
" country, in order to trade. During his abſence
" the wife frequented ſtrange companies, and
" ſang and danced. After *having been abſent* ſome
" time, the merchant arrived in his own city,
" when, being night, he could not enter his own
" houſe; he took up his lodging in ſome other
" place, and having ſent for a procureſs, deſired
" her to bring a fine elegant woman to paſs the
" night with him. It chanced that the procureſs
" went to the merchant's wife, and ſaid, A rich
" man, who is arrived from ſuch a city, wants a
" woman; ariſe, and go to him. The woman
" adorned herſelf with jewels and fine clothes, went
" to him, and as ſoon as ſhe ſaw him, knew it
" was her huſband: immediately ſhe began crying
" out, O, neighbours! liſten to my complaint; ſix
" years having elapſed ſince this huſband of mine
" went *abroad* to trade: I have looked for his return
" every day and night: he has been returned
" from his journey ſome days, and taken up his
" lodging in this place, without thinking of me.

طوطي گفتن آغاز نهاد که در شهري از شهرها تاجري بود مال‌دار زني داشت خوبصورت وقتي تاجر براي تجارت بملک ديگر بسفر رفت زن در غيبت او در مجلس بيگانگان ميرفت و سرود و رقص ميکرد تاجر مذکور بعد از چندي چون بشهر خود رسيد وقت شب بخانه خود آمدن نتوانست در جاي مقام کرد و دلاله را طلبيد و گفت که امشب براي من زن خوب و لطيف بيار اتفاقا دلاله نزد زن تاجر رفت و گفت که شخصي مالدار از فلان شهر رسيده است زني را ميخواهد برخيز و پيش او برو زن خود را از زيور و پارچه آراسته نموده پيش او رفت چون او را ديد بشناخت که شوهر من است در حال شور کردن گرفت که اي همسايگان بفرياد من رسيد شش سال گذشت که اين شوهر من به تجارت رفته بود هر روز و شب راه او ميديدم روزها است که از سفر باز آمده و در اينجا مقام کرده مرا فراموش نموده است امشب

TALE THE EIGHTH.

The merchant and his wife, who outwitted him.

WHEN the ſun ſunk into the weſt, and it being night, the moon aſcended from the eaſt, Khojiſteh, with a ſad and aching heart, got up, and went to the parrot, in queſt of leave. The parrot, obſerving Khojiſteh penſive, aſked why ſhe was thoughful? Khojiſteh anſwered, "Becauſe I come to "you every night, and diſcloſe to you my ſorrow; "when then will be the time that I ſhall meet my "lover? If you give me leave this night. I ſhall "go; otherwiſe I will exerciſe patience, and ſit at "home." The parrot anſwered, "You liſten to my "ſtories every night, and continue here till morn-"ing. I want you to go quickly this night. If "it ſhould happen that your huſband arrives, and "meets you any where, follow the example of the "merchant's wife, and ſcold him." Khojiſteh aſked, "What, and how is the ſtory of the merchant's "wife, tell me?

The

حکایت هشتم تاجر و زن او که با او
چالاکي کرده بود

چون آفتاب در مغرب رفت و شب رسید
و ماه از مشرق طلوع کرد خجسته با دل درد ناک و پرسوز
بر خاست و بطلب رخصت بر طوطي آمد
چون طوطي خجسته را متفکر دید پرسید چرا متفکر
هستي خجسته گفت که هر شب پیش تو مي آیم وغم
خود با تو میگویم پس کدام وقت خواهد بود
که بایار ملاقات خواهم کرد و اگر امشب رخصت
بدهي بروم و گرنه صبر کنم و بخانه خود نشینم طوطي گفت
تو هر شب حکایت من مي شنوي و شب همین جا
آخر میکني میخواهم که امشب زود تر بروي اتفاقا
اکر شوهر تو بیاید و تر اکسي جا بیند همچو زن تاجر
زبان درازي کني خجسته پرسید که قصهٔ زن تاجر
چگونه و چون است بگو

" true, took her out of the cage. The parrot im-
" mediately flew away, and never returned to the
" king. .

When the parrot had finiſhed this tale, he addreſſed himſelf to Khojiſteh, ſaying, " I am afraid, my " lady, leſt your lover ſhould act treacherouſly by " you, like the parrot of Roy Kamrew, and this " is the cauſe of my penſiveneſs. .Haſten now to " your ſweetheart, but place no reliance on him, till " you have tried him." After that, Khojiſteh wanted to have gone to her gallant; the morning cock crowed, and the dawn appearing, her departure was deferred.

تو بسازم راي سخن او راست دانست واز
قفص بيرون كرد طوطي في الفور به پريد و باز
نزد شاه نيامد

طوطي چون اين حكايت تمام كرد باخجسته كفتن
آغاز نمود كه اي كد بانو مي ترسم كه معشوق
توهمچو طوطي راي كامرو با تو دغا نكند فكر من
ازين سبب است حالا زود جانب معشوق خود
برو و تا كه اورا نآزمائي براو اعتماد مكن پس
از ان خجسته خواست كه پيش حريف خود برود
خروس صبح آواز كرد و صبح ظاهر شد رفتن
خجسته موقوف كرديد

حكايت

"rew, who is king of my country, has long "laboured under a grievous disease, will you be "able to relieve him from it? The parrot said "to the fowler, What mighty business is this? I "am such a physician that I can cure ten thou- "sand patients; carry me before the king, ac- "quaint him with my skill, and then sell me at a "high price. The fowler put her in a cage, and "having carried her to Roy Kamrew, said, I have "brought this parrot, who is a proficient in the "art of physic. The king said, I am myself in "great want of a skilful doctor; mention the "price of this bird. The fowler replied, Ten "thousand dinars. Roy Kamrew instantly purchased "the parrot, by paying the fowler ten thousand "dinars. The next day the parrot began admi- "nistering medicine to the king. His disorder was "half cured, when the parrot said to him, As "my medicine has removed the moiety of your "complaint, shew me attention and kindness, by "taking me out of the cage, in order that I may "explore a medicine, which will liberate you from "all care. The king, believing these words to be

راي كامرو پادشاه ملک من است سخت بيمار است مرض هايل ميدارد ميتواني که آن ازو دفع کني طوطي گفت اي صياد اين چه قدر کار است انچنان طبيب ام که دو هزار مريض را به کردن توانم مرا پيش پادشاه ببر و هنر من ظاهر کن پس بقيمت گران تر مرا بفروش صياد اورا در قفص کرد و پيش راي کامرو برد و گفت که اين طوطي که آورده ام علم طبابت نيکو ميداند راي گفت مرا نيز طبيب دانا بسيار درکار است قيمت اين طوطي بگو صياد گفت که ده هزار دينار راي کامرو ده هزار دينار صياد را داد و طوطي را خريد نمود از روز ديگر طوطي علاج راي مذکور کردن گرفت ونيم مرض او دور شد پس طوطي گفت که اي راي کامرو از دوائي من نيم مرض تو دفع شده است بر من توجه و مهرباني کن واز قفص برآر تا تلاش دوا بکنم واز قفص تردد رهائي

تو

The parrot began relating the ſtory:—" Once " on a time a fowler threw a net over the neſt " of a parrot, and impriſoned therein the parrot " together with her young. The parrot ſaid to " her neſtlings, The beſt way will be for you to " feign yourſelves dead, when the fowler, ſeeing " you in that ſtate, will fling you out of the net, " and if he carries away me only, it will be of " no conſequence; becauſe if I preſerve my life, " I can contrive ſome means to get to you. The " young ones did as they were directed. The " fowler ſuppoſing them dead, flung them all out " of the neſt; they inſtantly took flight, and ſet- " tled on a branch of a tree. The fowler, " enraged, was going to daſh the parrot on the " ground. The parrot ſaid to the fowler, Set " your mind at reſt; I will obtain you ſuch a " price for myſelf, that you ſhall need nothing far- " ther during the remainder of your life; for I " am a phyſician, and perfectly ſkilled in the pro- " feſſion. The fowler was delighted at hearing " theſe words, and ſaid to the parrot, Roy Kam-

طوطي حکایت گفتن آغاز کرد که وقتي صیادي بر اشیانه طوطي دامي نهاد و طوطي را معه بچگان او ازان گرفتار کرد طوطي بچگان را گفت که حالا مصلحت آنست که شما خودها را مانند مرده سازید چون صیاد شمارا مرده خواهد دید از دام بیرون خواهد انداخت اگر مرا تنها خواهد برد هیچ مضایقه نیست زیرا که من اگر زنده خواهم ماند از کسي حکمت خود را پیش شما خواهم رسانید بچگان آنچنان کردند صیاد آنها را مرده پنداشته همه را از دام بیرون انداخت انها در حال پریدند و بر شاخ درخت نشستند صیاد برهم شد و طوطي را بر زمین زدن خواست طوطي گفت که اي صیاد خاطر جمعدار قیمت خود انقدر خواهم دهانید که باقي عمر ترا دیگر در کار نخواهد شد زیرا که من طبیب ام و درین کار کامل و دانا هستم صیاد چون این سخن بشنید خوش شد و گفت اي طوطي مدت است که

را اي کامرو

" speedily to your friend." When Khojisteh stood
up, and wanted to have gone to her beloved, the
cock crowed; and it being morning, her departure
was deferred.

TALE THE SEVENTH.

The fowler, the parrot, and her young ones.

WHEN the sun sunk into the west, and
the moon came out of the east, Kho-
jisteh, with a heart full of anguish, and eyes
replete with tears, arose, and went to the parrot
for leave. Beholding the parrot full of thought,
she said, " Why are you pensive?" The parrot
replied, " On your account; because I know not
" what kind of lover your's is; whether he will
" be faithful to you, or not, and act like the
" parrot of king Kamrew." Khojisteh asked,
" What is the nature of the story of king Kamrew's
" parrot?"

The

چون خجسته برخاست و خواست که نزد معشوق خود
برود خروس آواز کرد و صبح شد و رفتن او
موقوف شد

حکایت هفتم صیاد و طوطي و بچگان او

چون آفتاب در مغرب رفت و ماه از مشرق
بر آمد خجسته بادل پر درد و چشم پر اشک
برخاست و بطلب رخصت پیش طوطي رفت
طوطي را متفکر دید پرسید که چرا متفکر هستي
طوطي گفت که براي تو زیرا که نمیدانم
که معشوق تو چگونه است با تو وفا خواهد نمود یانه
همچو طوطي کامرو شاه خواهد کرد خجسته پرسید حکایت
طوطي کامرو شاه چگونه و چه قسم است

طوطي

" brought the head which you required, together
" with its body; if he consents, separate my head
" from my body; and should he demand any
" thing further, I will manage it also. The dir-
" veish did so, and having tied a rope round the neck
" of the royroyan, carried him before the rajah.
" When the rajah saw the generosity of the
" royroyan, he fell at his feet, and said, No man
" in this world exceeds you in greatness of mind
" and manliness, nor will there ever be one will-
" ing to devote his own head, for the satisfaction
" of a beggar, a dirveish. The rajah sent for
" his own daughter, and presenting her to the
" royroyan, said, This is your handmaid, dispose
" of her to whoever you please."

When the parrot had brought to a conclusion the story of the royroyan, he said to Khojisteh, " If my head can be of any service to you, my " mistress, I will give it, without hesitation or " regret. It is adviseable that you should go

" speedily

راجه ببر و بگو که آن سر که خواستید همه تن او آوردم اگر قبول کنید سر از تن من جدا کن و اگر چیزی دیگر بخواهید تدبیر آن خواهم کرد درویش آن چنان کرد و رای رایان را بسته در کاه بسته پیش راجه برد راجه چون جوان مردی رای رایان دید بر پا افتاد و گفت درین عالم زیاده از همت و جوان مردی تو کسی نیست و نخواهد بود که برای خوشی خاطر گدائی و درویشی سر خود را بدهد پس راجه دختر خود را طلبید و رای رایان را سپرد و گفت که این کنیز تست هر کرا خواهی بدهی

چون طوطی این حکایت رای رایان بآخر رسانید خجسته را گفت که ای کدبانو اگر سر من ترا در کار شود خواهم داد هیچ دریغ و افسوس نخواهم کرد مصلحت آنست که زود پیش دوست خود برو

چون

TALE THE EIGHTH.

The merchant and his wife, who outwitted him.

WHEN the fun funk into the weft, and it being night, the moon afcended from the eaft, Khojifteh, with a fad and aching heart, got up, and went to the parrot, in queft of leave. The parrot, obferving Khojifteh penfive, afked why fhe was thoughful? Khojifteh anfwered, " Becaufe I come to " you every night, and difclofe to you my forrow; " when then will be the time that I fhall meet my " lover? If you give me leave this night. I fhall " go; otherwife I will exercife patience, and fit at " home." The parrot anfwered, " You liften to my " ftories every night, and continue here till morn- " ing. I want you to go quickly this night. If " it fhould happen that your hufband arrives, and " meets you any where, follow the example of the " merchant's wife, and fcold him." Khojifteh afk- ed, " What, and how is the ftory of the merchant's " wife, tell me?

The

حکایت هشتم تاجر وزن او که با او چالاکی کرده بود

چون افتاب در مغرب رفت و شب رسید و ماه از مشرق طلوع کرد خجسته با دل دردناک و پرسوز برخاست و بطلب رخصت بر طوطی آمد چون طوطی خجسته را متفکر دید پرسید چرا متفکر هستی خجسته گفت که هر شب پیش تو می آیم وغم خود با تو میگویم پس کدام وقت خواهد بود که با یار ملاقات خواهم کرد و اگر امشب رخصت بدهی بروم وگرنه صبر کنم وبخانه خود نشینم طوطی گفت تو هر شب حکایت من می شنوی و شب همین جا آخر میکنی میخواهم که امشب زود تر بروی اتفاقا اگر شوهر تو بیاید و ترا کسی جا بیند همچو زن تاجر زبان درازی کنی خجسته پرسید که قصهٔ زن تاجر چگونه و چون است بگو

" true, took her out of the cage. The parrot im-
" mediately flew away, and never returned to the
" king. .

When the parrot had finished this tale, he addreff-
ed himfelf to Khojiftch, faying, " I am afraid, my
" lady, left your lover fhould act treacheroufly by
" you, like the parrot of Roy Kamrew, and this
" is the caufe of my penfivenefs. .Haften now to
" your fweetheart, but place no reliance on him, till
" you have tried him." After that, Khojiftch want-
ed to have gone to her gallant; the morning cock
crowed, and the dawn appearing, her departure was
deferred.

TALE

تو بسازم راي سخن او راست دانست واز
قفص بيرون كرد طوطي في الفور بپريد و باز
نزد شاه نيامد

طوطي چون اين حكايت تمام كرد با خجسته گفتن
آغاز نمود كه اي كدبانو مي ترسم كه معشوق
تو همچو طوطي راي كامرو با تو دغا نكند فكر من
ازين سبب است حالا زود جانب معشوق خود
برو و تا كه اورا نا آزمائي براو اعتماد مكن پس
ازان خجسته خواست كه پيش حريف خود برود
خروس صبح آواز كرد و صبح ظاهر شد رفتن
خجسته موقوف گرديد

حكايت

" rew, who is king of my country, has long
" laboured under a grievous diſeaſe, will you be
" able to relieve him from it? The parrot ſaid
" to the fowler, What mighty buſineſs is this? I
" am ſuch a phyſician that I can cure ten thou-
" ſand patients; carry me before the king, ac-
" quaint him with my ſkill, and then ſell me at a
" high price. The fowler put her in a cage, and
" having carried her to Roy Kamrew, ſaid, I have
" brought this parrot, who is a proficient in the
" art of phyſic. The king ſaid, I am myſelf in
" great want of a ſkilful doctor; mention the
" price of this bird. The fowler replied, Ten
" thouſand dinars. Roy Kamrew inſtantly purchaſed
" the parrot, by paying the fowler ten thouſand
" dinars. The next day the parrot began admi-
" niſtering medicine to the king. His diſorder was
" half cured, when the parrot ſaid to him, As
" my medicine has removed the moiety of your
" complaint, ſhew me attention and kindneſs, by
" taking me out of the cage, in order that I may
" explore a medicine, which will liberate you from
" all care. The king, believing theſe words to be

P 2 " true,

راي کامرو پادشاه ملک من است سخت بیمار است
مرض هایل میدارد میتوانی که آن ازو دفع کنی
طوطي گفت اي صیاد این چه قدر کار است انچنان
طبیب ام که دو هزار مریض را به کردن توانم
مرا پیش پادشاه ببر و هنر من ظاهر کن پس
بقیمت گران تر مرا بفروش صیاد اورا در قفص
کرد و پیش راي کامرو برد و گفت که این طوطي
که آورده ام علم طبابت نیکو میداند راي گفت مرا نیز
طبیب دانا بسیار درکار است قیمت این طوطي
بگو صیاد گفت که ده هزار دینار راي کامرو ده هزار
دینار صیاد را داد و طوطي را خرید نمود از روز دیگر
طوطي علاج راي مذکور کردن گرفت
ونیم مرض او دور شد پس طوطي گفت که
اي راي کامرو از دوائي من نیم مرض تو دفع
شده است بر من توجه و مهرباني کن و از قفص
بر آر تا تلاش دوا بکنم و از قفص تردد رهائي
تو

The parrot began relating the ſtory:—" Once " on a time a fowler threw a net over the neſt " of a parrot, and impriſoned therein the parrot " together with her young. The parrot ſaid to " her neſtlings, The beſt way will be for you to " feign yourſelves dead, when the fowler, ſeeing " you in that ſtate, will fling you out of the net, " and if he carries away me only, it will be of " no conſequence; becauſe if I preſerve my life, " I can contrive ſome means to get to you. The " young ones did as they were directed. The " fowler ſuppoſing them dead, flung them all out " of the neſt; they inſtantly took flight, and ſet- " tled on a branch of a tree. The fowler, " enraged, was going to daſh the parrot on the " ground. The parrot ſaid to the fowler, Set " your mind at reſt; I will obtain you ſuch a " price for myſelf, that you ſhall need nothing far- " ther during the remainder of your life; for I " am a phyſician, and perfectly ſkilled in the pro- " feſſion. The fowler was delighted at hearing " theſe words, and ſaid to the parrot, Roy Kam-

طوطي حكايت كفتن آغاز كرد كه وقتي صيادي بر اشيانه طوطي دامي نهاد و طوطي را معه بچكان او ازان كرفتار كرد طوطي بچكان را كفت كه حالا مصلحت آنست كه شما خودها را مانند مرده سازيد چون صياد شمارا مرده خواهد ديد از دام بيرون خواهد انداخت اكر مرا تنها خواهد برد هيچ مضايقه نيست زيرا كه من اكر زنده خواهم ماند از كسي حكمت خود را پيش شما خواهم رسانيد بچكان آنچنان كردند صياد آنها را مرده پنداشته همه را از دام بيرون انداخت انها در حال پريدند و بر شاخ درخت نشستند صياد برهم شد وطوطي را بر زمين زدن خواست طوطي كفت كه اي صياد خاطر جمعدار قيمت خود انقدر خواهم دهانيد كه باقي عمر ترا ديكر در كار نخواهد شد زيرا كه من طبيب ام و درين كار كامل و دانا هستم صياد چون اين سخن بشنيد خوش شد و كفت اي طوطي مدت است كه

را اي كامرو

" ſpeedily to your friend." When Khojiſteh ſtood
up, and wanted to have gone to her beloved, the
cock crowed; and it being morning, her departure
was deferred.

TALE THE SEVENTH.

The fowler, the parrot, and her young ones.

WHEN the ſun ſunk into the weſt, and
the moon came out of the eaſt, Kho-
jiſteh, with a heart full of anguiſh, and eyes
replete with tears, aroſe, and went to the parrot
for leave. Beholding the parrot full of thought,
ſhe ſaid, " Why are you penſive?" The parrot
replied, " On your account; becauſe I know not
" what kind of lover your's is; whether he will
" be faithful to you, or not, and act like the
" parrot of king Kamrew." Khojiſteh aſked,
" What is the nature of the ſtory of king Kamrew's
" parrot?"

The

چون خجسته بر خاست و خواست که نزد معشوق خود برود خروس آواز کرد و صبح شد و رفتن او موقوف شد

حکایت هفتم صیاد و طوطي و بچگان او

چون آفتاب در مغرب رفت و ماه از مشرق بر آمد خجسته با دل پر درد و چشم پر اشک بر خاست و بطلب رخصت پیش طوطي رفت طوطي را متفکر دید پرسید که چرا متفکر هستي طوطي گفت که براي تو زیرا که نمیدانم که معشوق تو چگونه است با تو وفا خواهد نمود یا نه مانند طوطي کامرو شاه خواهد کرد خجسته پرسید حکایت طوطي کامرو شاه چگونه و چه قسم است

طوطي

" brought the head which you required, together " with its body; if he consents, separate my head " from my body; and should he demand any " thing further, I will manage it also. The dir- " veish did so, and having tied a rope round the neck " of the royroyan, carried him before the rajah. " When the rajah saw the generosity of the " royroyan, he fell at his feet, and said, No man " in this world exceeds you in greatness of miud " and manliness, nor will there ever be one will- " ing to devote his own head, for the satisfaction " of a beggar, a dirveish. The rajah sent for " his own daughter, and presenting her to the " royroyan, said, This is your handmaid, dispose " of her to whoever you please."

When the parrot had brought to a conclusion the story of the royroyan, he said to Khojisteh, " If my head can be of any service to you, my " mistress, I will give it, without hesitation or " regret. It is adviseable that you should go

" speedily

راجه ببرو بگو که آن سر که خواستید
معه تن او آوردم اگر قبول کند سر از تن من
جدا کن و اگر چیزی دیگر بخواهد تدبیر ان خواهم کرد
درویش آن چنان کرد و رای رایان را رهمن در گلو
بسته پیش راجه برد راجه چون جوان مردی رای
رایان دید بر پا اوفتاد و گفت درین عالم زیاده ازو
همت و جوان مردی تو کسی نیست و نخواهد بود که
برای خوشی خاطر گدائی و درویشی سر خود را بدهد
پس راجه دختر خود را طلبید و رای رایان را سپرد
و گفت که این کنیز تست هر کرا خواهی بدهی

چون طوطی این حکایت رای رایان بآخر رسانید
خجسته را گفت که ای کدبانو اگر سر من ترا در کار
شود خواهم داد هیچ دریغ و افسوس نخواهم کرد
مصلحت آنست که زود پیش دوست خود برو

چون

" rew, who is king of my country, has long " laboured under a grievous diſeaſe, will you be " able to relieve him from it? The parrot ſaid " to the fowler, What mighty buſineſs is this? I " am ſuch a phyſician that I can cure ten thou- " ſand patients; carry me before the king, ac- " quaint him with my ſkill, and then ſell me at a " high price. The fowler put her in a cage, and " having carried her to Roy Kamrew, ſaid, I have " brought this parrot, who is a proficient in the " art of phyſic. The king ſaid, I am myſelf in " great want of a ſkilful doctor; mention the " price of this bird. The fowler replied, Ten " thouſand dinars. Roy Kamrew inſtantly purchaſed " the parrot, by paying the fowler ten thouſand " dinars. The next day the parrot began admi- " niſtering medicine to the king. His diſorder was " half cured, when the parrot ſaid to him, As " my medicine has removed the moiety of your " complaint, ſhew me attention and kindneſs, by " taking me out of the cage, in order that I may " explore a medicine, which will liberate you from " all care. The king, believing theſe words to be

راي كامرو پادشاه ملك من است سخت بيمار است
مرض هايل ميدارد ميتواني كه آن از و دفع كني
طوطي گفت اي صياد اين چه قدر كار است انچنان
طبيب ام كه دو هزار مريض را به كردن توانم
مرا پيش پادشاه ببر و هنر من ظاهر كن پس
بقيمت گران تر مرا بفروش صياد اورا در قفص
كرد و پيش راي كامرو برد و گفت كه اين طوطي
كه آورده ام علم طبابت نيكو ميداند راي گفت مرا نيز
طبيب دانا بسيار دركار است قيمت اين طوطي
بگو صياد گفت كه ده هزار دينار راي كامرو ده هزار
دينار صياد را داد و طوطي را خريد نمود از روز ديگر
طوطي علاج راي مذكور كردن گرفت
و نيم مرض او دور شد پس طوطي گفت كه
اي راي كامرو از دوائي من نيم مرض تو دفع
شده است بر من توجه و مهرباني كن و از قفص
بر آر تا تلاش دوا بكنم و از قفص تردد رهائي
تو

The parrot began relating the ſtory:—"Once "on a time a fowler threw a net over the neſt "of a parrot, and impriſoned therein the parrot "together with her young. The parrot ſaid to "her neſtlings, The beſt way will be for you to "feign yourſelves dead, when the fowler, ſeeing "you in that ſtate, will fling you out of the net, "and if he carries away me only, it will be of "no conſequence; becauſe if I preſerve my life, "I can contrive ſome means to get to you. The "young ones did as they were directed. The "fowler ſuppoſing them dead, flung them all out "of the neſt; they inſtantly took flight, and ſet-"tled on a branch of a tree. The fowler, "enraged, was going to daſh the parrot on the "ground. The parrot ſaid to the fowler, Set "your mind at reſt; I will obtain you ſuch a "price for myſelf, that you ſhall need nothing far-"ther during the remainder of your life; for I "am a phyſician, and perfectly ſkilled in the pro-"feſſion. The fowler was delighted at hearing "theſe words, and ſaid to the parrot, Roy Kam-

طوطي حکایت گفتن آغاز کرد که وقتي صیادي بر آشیانه
طوطي دامي نهاد و طوطي را معه بچکان او ازان گرفتار
کرد طوطي بچکان را گفت که حالا مصلحت آنست
که شما خودها را مانند مرده سازید چون صیاد شمارا
مرده خواهد دید از دام بیرون خواهد انداخت اگر مرا
تنها خواهد برد هیچ مضایقه نیست زیرا که من اگر
زنده خواهم ماند از کسي حکمت خود را پیش شما
خواهم رسانید بچکان آنچنان کردند صیاد آنها را
مرده پنداشته همه را از دام بیرون انداخت
آنها در حال پریدند و بر شاخ درخت نشستند
صیاد برهم شد و طوطي را بر زمین زدن خواست
طوطي گفت که اي صیاد خاطر جمعدار قیمت
خود انقدر خواهم دهانید که باقي عمر ترا دیگر در کار
نخواهد شد زیرا که من طبیب ام و درین کار
کامل و دانا هستم صیاد چون این سخن بشنید
خوش شد و گفت اي طوطي مدت است که

را اي کامرو

" ſpeedily to your friend." When Khojiſteh ſtood up, and wanted to have gone to her beloved, the cock crowed, and it being morning, her departure was deferred.

TALE THE SEVENTH.

The ſowler, the parrot, and her young ones.

WHEN the ſun ſunk into the weſt, and the moon came out of the eaſt, Khojiſteh, with a heart full of anguiſh, and eyes replete with tears, aroſe, and went to the parrot for leave. Beholding the parrot full of thought, ſhe ſaid, " Why are you penſive?" The parrot replied, " On your account; becauſe I know not " what kind of lover your's is; whether he will " be faithful to you, or not, and act like the " parrot of king Kamrew." Khojiſteh aſked, " What is the nature of the ſtory of king Kamrew's " parrot?"

The

چون خجسته برخاست وخواست که نزد معشوق خود برود خروس آواز کرد وصبح شد ورفتن او موقوف شد

حکایت هفتم صیاد وطوطي وبچگان او

چون آفتاب در مغرب رفت وماه از مشرق بر آمد خجسته بادل پر درد وچشم پر اشک برخاست وبطلب رخصت پیش طوطي رفت طوطي را متفکر دید پرسید که چرا متفکر هستي طوطي گفت که براي تو زیرا که نمیدانم که معشوق تو چگونه است با تو وفا خواهد نمود یا نه همچو طوطي کامرو شاه خواهد کرد خجسته پرسید حکایت طوطي کامرو شاه چگونه وچه قسم است

طوطي

" rew, who is king of my country, has long
" laboured under a grievous difeafe, will you be
" able to relieve him from it? The parrot faid
" to the fowler, What mighty bufinefs is this? I
" am fuch a phyfician that I can cure ten thou-
" fand patients; carry me before the king, ac-
" quaint him with my fkill, and then fell me at a
" high price. The fowler put her in a cage, and
" having carried her to Roy Kamrew, faid, I have
" brought this parrot, who is a proficient in the
" art of phyfic. The king faid, I am myfelf in
" great want of a fkilful doctor; mention the
" price of this bird. The fowler replied, Ten
" thoufand dinars. Roy Kamrew inftantly purchafed
" the parrot, by paying the fowler ten thoufand
" dinars. The next day the parrot began admi-
" niftering medicine to the king. His diforder was
" half cured, when the parrot faid to him, As
" my medicine has removed the moiety of your
" complaint, fhew me attention and kindnefs, by
" taking me out of the cage, in order that I may
" explore a medicine, which will liberate you from
" all care. The king, believing thefe words to be

P 2   " true,

راي کامرو پادشاه ملک من است سخت بیمار است
مرض هایل میدارد میتوانی که آن ازو دفع کنی
طوطي کفت اي صیاد این چه قدر کار است انچنان
طبیب ام که دو هزار مریض را به کردن توانم
مرا پیش پادشاه ببر و هنر من ظاهر کن پس
بقیمت کران تر مرا بفروش صیاد اورا در قفص
کرد و پیش راي کامرو برد و کفت که این طوطي
که آورده ام عالم طبابت نیکو میداند راي کفت مرا نیز
طبیب دانا بسیار درکار است قیمت این طوطي
بکو صیاد کفت که ده هزار دینار راي کامرو ده هزار
دینار صیاد را داد و طوطي را خرید نمود از روز دیگر
طوطي علاج راي مذکور کردن کرفت
و نیم مرض او دور شد پس طوطي کفت که
اي راي کامرو از دوائي من نیم مرض تو دفع
شده است بر من توجه و مهرباني کن و از قفص
برآر تا تلاش دوا بکنم و از قفص تردد رهائي
تو

The parrot began relating the ſtory:—" Once " on a time a fowler threw a net over the neſt " of a parrot, and impriſoned therein the parrot " together with her young. The parrot ſaid to " her neſtlings, The beſt way will be for you to " feign yourſelves dead, when the fowler, ſeeing " you in that ſtate, will fling you out of the net, " and if he carries away me only, it will be of " no conſequence; becauſe if I preſerve my life, " I can contrive ſome means to get to you. The " young ones did as they were directed. The " fowler ſuppoſing them dead, flung them all out " of the neſt; they inſtantly took flight, and ſet- " tled on a branch of a tree. The fowler, " enraged, was going to daſh the parrot on the " ground. The parrot ſaid to the fowler, Set " your mind at reſt; I will obtain you ſuch a " price for myſelf, that you ſhall need nothing far- " ther during the remainder of your life; for I " am a phyſician, and perfectly ſkilled in the pro- " feſſion. The fowler was delighted at hearing " theſe words, and ſaid to the parrot, Roy Kam-

طوطي حكايت كفتن آغاز كرد كه وقتي صيادي بر اشيانه
طوطي دامي نهاد و طوطي را معه بچكان او ازان كرفتار
كرد طوطي بچكان را كفت كه حالا مصلحت آنست
كه شما خودها را مانند مرده سازيد چون صياد شمارا
مرده خواهد ديد از دام بيرون خواهد انداخت اكر مرا
تنها خواهد برد هيچ مضايقه نيست زيرا كه من اكر
زنده خواهم ماند از كسي حكمت خود را پيش شما
خواهم رسانيد بچكان آنچنان كردند صياد آنها را
مرده پنداشته همه را از دام بيرون انداخت
انها در حال پريدند و بر شاخ درخت نشستند
صياد برهم شد و طوطي را بر زمين زدن خواست
طوطي كفت كه اي صياد خاطر جمعدار قيمت
خود انقدر خواهم دهانيد كه باقي عمر ترا ديكر دركار
نخواهد شد زيرا كه من طبيب ام و درين كار
كامل و دانا هستم صياد چون اين سخن بشنيد
خوش شد و كفت اي طوطي مدت است كه

را اي كامرو

" ſpeedily to your friend." When Khojiſteh ſtood up, and wanted to have gone to her beloved, the cock crowed; and it being morning, her departure was deferred.

TALE THE SEVENTH.

The fowler, the parrot, and her young ones.

WHEN the ſun ſunk into the weſt, and the moon came out of the eaſt, Khojiſteh, with a heart full of anguiſh, and eyes replete with tears, aroſe, and went to the parrot for leave. Beholding the parrot full of thought, ſhe ſaid, " Why are you penſive?" The parrot replied, " On your account; becauſe I know not " what kind of lover your's is; whether he will " be faithful to you, or not, and act like the " parrot of king Kamrew." Khojiſteh aſked, " What is the nature of the ſtory of king Kamrew's " parrot?"

چون خجسته برخاست و خواست که نزد معشوق خود برود خروس آواز کرد و صبح شد و رفتن او موقوف شد

حکایت هفتم صیاد و طوطی و بچگان او

چون آفتاب در مغرب رفت و ماه از مشرق بر آمد خجسته بادل پر درد و چشم پر اشک برخاست و بطلب رخصت پیش طوطی رفت طوطی را متفکر دید پرسید که چرا متفکر هستی طوطی گفت که برای تو زیرا که نمیدانم که معشوق تو چگونه است با تو وفا خواهد نمود یا نه ما چو طوطی کامرو شاه خواهد کرد خجسته پرسید حکایت طوطی کامرو شاه چگونه و چه قسم است

طوطی

" brought the head which you required, together " with its body; if he consents, separate my head " from my body; and should he demand any " thing further, I will manage it also. The dir- " veish did so, and having tied a rope round the neck " of the royroyan, carried him before the rajah. " When the rajah saw the generosity of the " royroyan, he fell at his feet, and said, No man " in this world exceeds you in greatness of mind " and manliness, nor will there ever be one will- " ing to devote his own head, for the satisfaction " of a beggar, a dirveish. The rajah sent for " his own daughter, and presenting her to the " royroyan, said, This is your handmaid, dispose " of her to whoever you please."

When the parrot had brought to a conclusion the story of the royroyan, he said to Khojisteh, " If my head can be of any service to you, my " mistress, I will give it, without hesitation or " regret. It is adviseable that you should go

" speedily

راجه ببر و بگو که آن سر که خواستید
مع تن او آوردم اگر قبول کند سر از تن من
جدا کن و اگر چیزی دیگر بخواهد تدبیر آن خواهم کرد
درویش آن چنان کرد و رای رایان را بسن در کاو
بسته پیش راجه برد راجه چون جوان مردی رای
رایان دید بر پا اِستاد و گفت درین عالم زیاده از
همت و جوان مردی تو کسی نیست و نخواهد بود که
برای خوشی خاطر گدائی و درویشی سر خود را بدهد
پس راجه دختر خود را طلبید و رای رایان را سپرد
و گفت که این کنیز تست هر کرا خواهی بدهی

چون طوطی این حکایت رای رایان بآخر رسانید
خجسته را گفت که ای کدبانو اگر سر من ترا در کار
شود خواهم داد هیچ دریغ و افسوس نخواهم کرد
مصلحت آنست که زود پیش دوست خود برو

چون

" rew, who is king of my country, has long
" laboured under a grievous disease, will you be
" able to relieve him from it? The parrot said
" to the fowler, What mighty business is this? I
" am such a physician that I can cure ten thou-
" sand patients; carry me before the king, ac-
" quaint him with my skill, and then sell me at a
" high price. The fowler put her in a cage, and
" having carried her to Roy Kamrew, said, I have
" brought this parrot, who is a proficient in the
" art of physic. The king said, I am myself in
" great want of a skilful doctor; mention the
" price of this bird. The fowler replied, Ten
" thousand dinars. Roy Kamrew instantly purchased
" the parrot, by paying the fowler ten thousand
" dinars. The next day the parrot began admi-
" nistering medicine to the king. His disorder was
" half cured, when the parrot said to him, As
" my medicine has removed the moiety of your
" complaint, shew me attention and kindness, by
" taking me out of the cage, in order that I may
" explore a medicine, which will liberate you from
" all care. The king, believing these words to be

راي کامرو پادشاه ملک من است سخت بيمار است
مرض هايل ميدارد ميتواني که آن ازو دفع کني
طوطي کفت اي صياد اين چه قدر کار است انچنان
طبيب ام که دو هزار مريض را به کردن توانم
مرا پيش پادشاه ببر و هنر من ظاهر کن پس
بقيمت کران تر مرا بفروش صياد اورا در قفص
کرد و پيش راي کامرو برد و کفت که اين طوطي
که آورده ام عالم طبابت نيکو ميداند راي کفت مرا نيز
طبيب دانا بسيار درکار است قيمت اين طوطي
بکو صياد کفت که ده هزار دينار راي کامرو ده هزار
دينار صياد را داد و طوطي را خريد نمود از روز ديکر
طوطي علاج راي مذکور کردن کرفت
و نيم مرض او دور شد پس طوطي کفت که
اي راي کامرو از دوائي من نيم مرض تو دفع
شده است بر من توجه و مهرباني کن و از قفص
بر آر تا تلاش دوا بکنم و از قفص تردد رهائي
تو

The parrot began relating the ſtory:—“ Once “ on a time a fowler threw a net over the neſt “ of a parrot, and impriſoned therein the parrot “ together with her young. The parrot ſaid to “ her neſtlings, The beſt way will be for you to “ feign yourſelves dead, when the fowler, ſeeing “ you in that ſtate, will fling you out of the net, “ and if he carries away me only, it will be of “ no conſequence; becauſe if I preſerve my life, “ I can contrive ſome means to get to you. The “ young ones did as they were directed. The “ fowler ſuppoſing them dead, flung them all out “ of the neſt; they inſtantly took flight, and ſet-“ tled on a branch of a tree. The fowler, “ enraged, was going to daſh the parrot on the “ ground. The parrot ſaid to the fowler, Set “ your mind at reſt; I will obtain you ſuch a “ price for myſelf, that you ſhall need nothing far-“ ther during the remainder of your life; for I “ am a phyſician, and perfectly ſkilled in the pro-“ feſſion. The fowler was delighted at hearing “ theſe words, and ſaid to the parrot, Roy Kam-

طوطي حكايت كفتن آغاز كرد كه وقتي صيادي بر اشيانه
طوطي دامي نهاد و طوطي را معه بچكان او ازان كرفتار
كرد طوطي بچكان را كفت كه حالا مصلحت آنست
كه شما خودها را مانند مرده سازيد چون صياد شمارا
مرده خواهد ديد از دام بيرون خواهد انداخت اكر مرا
تنها خواهد برد هيچ مضايقه نيست زيرا كه من اكر
زنده خواهم ماند از كسي حكمت خود را پيش شما
خواهم رسانيد بچكان آنچنان كردند صياد آنها را
مرده پنداشته همه را از دام بيرون انداخت
انها در حال پريدند و بر شاخ درخت نشستند
صياد برهم شد و طوطي را بر زمين زدن خواست
طوطي كفت كه اي صياد خاطر جمعدار قيمت
خود انقدر خواهم دهانيد كه باقي عمر ترا ديكر در كار
نخواهد شد زيرا كه من طبيب ام و درين كار
كامل و دانا هستم صياد چون اين سخن بشنيد
خوش شد و كفت اي طوطي مدت است كه

رااي كامرو

"speedily to your friend." When Khojisteh stood up, and wanted to have gone to her beloved, the cock crowed; and it being morning, her departure was deferred.

TALE THE SEVENTH.

The fowler, the parrot, and her young ones.

WHEN the sun sunk into the west, and the moon came out of the east, Khojisteh, with a heart full of anguish, and eyes replete with tears, arose, and went to the parrot for leave. Beholding the parrot full of thought, she said, "Why are you pensive?" The parrot replied, "On your account; because I know not "what kind of lover your's is; whether he will "be faithful to you, or not, and act like the "parrot of king Kamrew." Khojisteh asked, "What is the nature of the story of king Kamrew's "parrot?"

The

چون خجسته برخاست و خواست که نزد معشوق خود برود خروس آواز کرد و صبح شد و رفتن او موقوف شد

حکایت هفتم صیاد و طوطی و بچگان او

چون آفتاب در مغرب رفت و ماه از مشرق بر آمد خجسته بادل پر درد و چشم پر اشک برخاست و بطلب رخصت پیش طوطی رفت طوطی را متفکر دید پرسید که چرا متفکر هستی طوطی گفت که برای تو زیرا که نمیدانم که معشوق تو چگونه است با تو وفا خواهد نمود یا نه چنانچه طوطی کامرو شاه خواهد کرد خجسته پرسید حکایت طوطی کامرو شاه چگونه و چه قسم است

طوطی

" brought the head which you required, together " with its body; if he consents, separate my head " from my body; and should he demand any " thing further, I will manage it also. The dir-" veish did so, and having tied a rope round the neck " of the royroyan, carried him before the rajah. " When the rajah saw the generosity of the " royroyan, he fell at his feet, and said, No man " in this world exceeds you in greatness of mind " and manliness, nor will there ever be one will-" ing to devote his own head, for the satisfaction " of a beggar, a dirveish. The rajah sent for " his own daughter, and presenting her to the " royroyan, said, This is your handmaid, dispose " of her to whoever you please."

When the parrot had brought to a conclusion the story of the royroyan, he said to Khojisteh, " If my head can be of any service to you, my " mistress, I will give it, without hesitation or " regret. It is adviseable that you should go

" speedily

راجه ببرد و بگو که آن سر که خواستید
معه تن او آوردم اگر قبول کند سر از تن من
جدا کن و اگر چیزی دیگر میخواهد تدبیر آن خواهم کرد
درویش آن چنان کرد و راي رایان را رسن در گلو
بسته پیش راجه برد راجه چون جوان مردي راي
رایان دید بر پادشاه و گفت درین عالم زیاده از
همت و جوان مردي تو کسي نیست و نخواهد بود که
براي خوشي خاطر گدائي و درویشي سر خود را بدهد
پس راجه دختر خود را طلبید و راي رایان را سپرد
و گفت که این کنیز تست هر کرا خواهي بدهي

چون طوطي این حکایت راي رایان بآخر رسانید
خجسته را گفت که اي کدبانو اگر سر من ترا در کار
شود خواهم داد هیچ دریغ و افسوس نخواهم کرد
مصلحت آنست که زود پیش دوست خود برو

چون

" carry, go to the royroyan, represent your situ-
" ation, and ask; when he will certainly bestow
" on you this quantity of gold. The dirveish
" went to the royroyan, and set forth his case.
" The royroyan immediately bestowed on the dir-
" veish an elephant-load of gold, which he carried
" to the rajah. The rajah said to the vizier,
" Your scheme has not succeeded, for the dirveish
" has brought the elephant-load of gold. The
" vizier said, The royroyan must have given it,
" in these days no other person is capable of
" performing such an act of munificence: now
" some other plan must be pursued. The vizier
" said to the dirveish, You will not obtain the
" rajah's daughter in exchange for an elephant-
" load of gold; but if you bring the royroyan's
" head, certainly you shall have her. The dirveish
" went again to the royroyan, and told the cir-
" cumstances of his case. The royroyan said, Set
" your mind at rest, and be not uneasy about my
" head; for many years I have kept my head in
" my hand, ready to be given to whosoever should
" require it: Do you tie a rope round my neck,
" and carry me before the rajah, and say, I have

راي رايان برو و احوال خودرا باو بگو و بخواه
البته اين قدر زر بتو خواهد بخشيد درويش پيش
راي رايان رفت و احوال خود عرض نمود
راي رايان درحال پيلي پراز زر بار بدرويش
عطا كرد درويش آن زر را پيش راجه برد راجه
وزير را گفت حكمتيكه كردي پيش نرفت زيرا كه
درويش پيل پراز بارزر آورد وزير گفت كه راي رايان
بخشيده باشد درينوقت كسي اين چنين سخاوت
كردن نمي تواند اكنون حكمتي ديگر بايد كرد وزير
درويش را گفت كه دختر راجه را به بدل يك فيل
پراز بار زر نخواهي يافت ليكن اگر سر راي رايان
بياري البته دختر راجه بيابي درويش باز پيش
راي رايان رفت واحوال خود گفت راي رايان
فرمود كه خاطر جمعدار و براي سر من انديشه مكن
سالهاست كه سر خود بردست ميدارم كه هر كه بخواهد
اورا بدهم تو رسني دركلوي من به بند و مرا پيش

راجه

The parrot said, " The king of Kinoje had a daughter, whose face was *as fair* as the moon, " and her features exceedingly beautiful. It hap- " pened that a dirveish fell in love with her, and " from this passion became mad and senseless. " Whenever he had lucid intervals, he would say " to himself, What a folly is this! how can a " beggar be related to a monarch? After some " days the dirveish sent a message to the king, " Give me your daughter, because I have a great " regard for her; consider not my poverty, and " your own royalty. The king, on hearing these " words of the dirveish, was violently enraged, " and gave orders for him to be punished. The " vizier said, He is a dirveish, and your Majesty " never distresses dirveishes: I will contrive some " other means of sending him out of the city. " Afterwards the vizier sent for the dirveish, and " said to him, If you will bring an elephant-load " of gold, I will deliver to you the king's daugh- " ter. When the dirveish was considering how to " procure the money, a person said to him, If " you require as much gold as an elephant can

O carry,

طوطي كفت كه راي قنوج دختري داشت ماه رو
نهايت خوبصورت اتفاقا درويشي برو عاشق شد و
در عشق او ديوانه و بيهوش كرديد هركاه هوشيار
مي شد باخود ميكفت كه اين چه ديوانكي است
و درويش را با پادشاه چه نسبت بعد چند روز
درويش براجه پيغام فرستاد كه دختر خود را بمن
ده كه او را بسيار دوست ميدارم و بر كدائي من
و پادشاهي خود نظر مكن راجه چون اين سخن درويش
شنيد سخت بر آشفت و او را سياست كردن
فرمود وزير كفت كه او درويش است پادشاه
درويشانرا رنج نميدهد او را بديكر حكمت
ازين شهر دور خواهم كرد بعد ازان وزير
درويش را طلبيد و كفت كه اكر يك پيل بار زر بياري
دختر شاه بتو سپارم درويش در فكر ان زر
شد شخصي درويش مذكور را كفت
كه اكر زر مطابق باريك پيل خواهي پيش

TALE THE SIXTH.

The king of Kinoje and his daughter, with whom a dirveish became enamoured.

WHEN the sun sunk beneath the west, and the moon arose from the east, Khojisteh, completely decked and ornamented, went to the parrot to ask leave, saying "I am ashamed *to appear* "before you, and that you should have so much "trouble for my sake; you neither sleep nor take "rest; how shall I thank you for your favors? "how can my tongue perform and utter it?" "The parrot answered, "I am your slave, al-"though by no means able to execute any busi-"ness of your's in a manner becoming a servant; "however I will speedily send you to your lover, "and exert myself in your cause, like the roy-"royan, whose story you may have heard." Khojisteh asked, "What is the nature of the story?"

The

حکایت ششم رای قنوج و دختر او و عاشق شدن درویشی بر دختر مذکوره

چون آفتاب در مغرب فرو رفت و ماه از مشرق بر آمد خجسته بکمال زیب و زینت بطلب رخصت بر طوطی رفت و گفت که من شرمنده تو هستم زیرا که هر شب پیش تو می آیم و ترا تصدیعه میدهم برای خاطر من خواب و آرام نمیکنی مگر الطاف تو چه گونه از کدام زبان کنم و بگویم طوطی گفت که من بنده تو هستم هر چند همچو بندگان کسی کار تو کردن نمی توانم لیکن زود تر ترا بمعشوق تو خواهم رسانید و همچو رای رایان که حکایت او شنیده باشی برای تو سعی خواهم نمود خجسته پرسید که حکایت آن چه گونه است

طوط

"On the inſtant, the trunk of the tree divided a-
"ſunder, and the woman ran into the cleft, upon
"which the tree reunited, and ſhe diſappeared. A
"voice proceeded from the tree, that every thing
"returns to its firſt principles; and the ſeven ſuit-
"ors for the woman were overwhelmed with
"ſhame."

The parrot having concluded this tale, ſaid to Khojiſteh, "Miſtreſs, I am apprehenſive your "huſband may come unexpectedly; and, like "the tree, unite you to himſelf, and you get "ſhame with your lover: ariſe and go towards "your ſweet-heart and friend." Khojiſteh intended to have gone to him, at which inſtant the cock crowed, and ſigns of morning appeared; when her viſit was put off.

TALE

درخت شگافت و آن زن دویده دران شگافت
و تنه درخت پیوست و گم شد و ازان
درخت آواز برآمد که هر چیز بطرف اصل
خود میرود و هفت عاشق آن زن شرمنده
شدند

طوطی چون این حکایت تمام کرد با خجسته
گفت که ای کدبانو میترسم که ناگاه شوهر تو
برسد و ترا چون آن درخت پیش خود گیرد و از
معشوق خود شرمنده شوی برخیز و جانب
معشوق و یار خود برو خجسته خواست که نزد او
برود همان دم خروس آواز کرد و آثار صبح ظاهر
شد رفتن خجسته موقوف گردید

حکایت

" the cazy looked at the woman, he interrogated
" them ſaying, Who are you? For a long time
" paſt I have been enquiring after this woman:
" ſhe is my bondmaid who abſconded with a great
" deal of my money: now where is my money,
" and my effects? give an anſwer.

" When this quarrel and altercation had run to
" great length, and many people were collected to-
" gether to ſee the ſight, an old man who was
" preſent, ſaid, This diſpute will not be decided by
" any man; but in ſuch a city, there is a large
" old tree, called the Tree of Deciſion, every diſpute
" that men are unable to determine, is carried
" before this tree, from which a voice iſſues, de-
" claring on whoſe ſide there is juſtice, and whoſe
" claim is falſe. To ſhorten the ſtory, theſe ſe-
" ven men went under the tree, and alſo carried
" the woman along with them; and each of them
" ſet forth the circumſtances of his particular caſe.

قاضي چون بر زن نظر کرد گفت که شمایان کیستند مدت است که این زن را من تلاش میکنم این کنیز من است بسیار نقد وجنس من گرفته گریخته بود حالا مال و اجناس مرا کجاست جواب گوئید

چون این خصومت و قضیه بسیار دراز کشید و بطول انجامید ومردمان بسیار براي تماشا جمع شدند ودران مجمع و انبوه پیري حاضر بود گفت این قضیه از کسي مردم فیصل نخواهد شد و در فلان شهر درختي است بزرک و کهنه نام آن درخت شجرة الحکم است هر قضیه که از مردمان انفصال نمي شود پیش آن درخت مي برند از ان درخت آواز مي براید که حق کیست و دعوي و سخن باطل کدام است القصه آن هفت مردم زیر درخت مذکور رفتند وزن را نیز همراه بردند و همه احوال خود ها پیش آن درخت عرض کردند درحال تنه درخت

" said, She ought to be my bride, seeing that I " have decked her with jewels. The taylor as- " serted, This woman is my property, for when " she was naked I made clothes and dressed her. " The hermit said, This was a figure of wood, " which having obtained life at my prayers, I will " take her. In short, this dispute had continued " a long time, when accidentally there came to the " spot, a person whom they desired to do justice " between them. When this man saw the wo- " man's face, he exclaimed, This is my lawful " spouse, whom you have seduced from my house, " and separated from me. After this manner, he " seized and carried them before the cutwal.— " When the cutwal beheld the woman's counten- " ance, he cried out, This is my brother's wife, " whom he took with him on a journey: you " have killed my brother, and taken the woman " by force. Hereupon the cutwal apprehended " them, and carried them before the cazy. When

مرا نشاید زیرا که من زیور او را پوشانیده ام
خیاط گفت که این زن آز آن من است
زیرا که برهنه بود پارچه برای او من دوخته
و پوشانیده ام زاهد گفت که این صورت چوبی
بود از دعای من جان یافته من خواهم گرفت
القصه قضیهٔ ایشان طول گشت اتفاقا
شخصی آنجا رسید و اینها از و انصاف
خواستند ان شخص چون روی زن مذکور
دید گفت که این منکوحه من است شمایان
این زن را فریب داده از خانه من آورده اید
و از من جدا کرده اید چنانچه آنها را شخص
مذکور گرفته پیش کوتوال برد کوتوال چون
روی زن دید گفت که این زن برادر من است
برادر من این را همراه خود بسفر برده بود شمایان
برادر مرا کشته این زن را گرفته اید بعد ازان
کوتوال این همه را گرفته پیش قاضی برد
قاضی

" pared the jewels, he put them on the puppet.
" The third watch, when the taylor's turn came,
" he awoke. He ſaw a woman with an exceed-
" ing beautiful face and handſome perſon, decked
" with exquiſite jewels; but naked:—on the in-
" ſtant, he made up neat clothes, becoming a
" bride, and putting them on her, thereby added
" to her elegance. The fourth watch belonged
" to the hermit, who when he came to take the
" guard, beheld that captivating form. The her-
" mit performed his ablutions and prayers, after
" which he made ſupplication, 'O God! give life
' to this figure.' Immediately the figure received
" life, ſo that it ſpoke like an human being.
" When night was ended, and the ſun aroſe, all
" theſe four perſons were deſperately in love with
" the figure. The carpenter ſaid, I am the maſter
" of this woman, becauſe I carved her with my
" own hands: I will take her. The goldſmith

" ſaid,

چنانچه زیور تیار ساخته بآن لعبت پوشانید
پاس سیوم چون نوبت خیاط رسید بیدار شد
زني را دید نهایت خوب صورت و خوش
اندام و زیورات لطیف پوشیده
اما برهنه است درحال لباس پاکیزه عروسانه
دوخت واورا پوشانیده ازان رونق او افزود
پاس چهارم نوبت زاهد شد وجهه پاس
برخاست و انصورت دلاویز را دید زاهد
وضو کرد ونماز گذارد وادا کرد وبعد ازان دعا کرد
که خدایا این صورت را جان بده درحال
دران صورت جان درآمد و همچو مردم سخن
کردن گرفت چون شب آخر شد وآفتاب
برآمد هر چهار کس بران صورت عاشق
و مبتلا شدند نجار گفت من والي این زنم
زیرا که من از خود تراشیده وساخته ام من
خواهم گرفت زرگر گفت که این عروس
مرا شاید

" and matters fall out like what happened to four " persons." Khojisteh desiring to hear the story,

The parrot said, " Once on a time, a goldsmith, " a carpenter, and a hermit, travelling together, " halted one night in a desert place, and said a- " mongst themselves, We shall continue in this de- " sert to-night, and keep guard, us four persons " taking a watch a-piece; to which words they " unanimously agreed. The first watch the carpen- " ter stood guard; and, in order to prevent sleep, " took an axe and made a figure out of wood. " The second watch, when the goldsmith's turn " came, seeing the wooden figure, that it was void " of gold and jewels, he said in his heart, The " carpenter has exhibited his art by carving this " wooden figure, I must also shew my skill and " make ornaments for the ears, neck, arms, and " feet, and put them on the figure, to add to the " elegance thereof. In such manner, having pre-

" pared

رخصت میدهم چرا توقف می کنی میترسم که ناگاه شوهر برسد و احوال همچو آن قصه چهار شخص شود خجسته پرسید که حکایت آن چهار شخص چگونه است طوطی گفت وقتی یک زرگر و یک نجار و یک خیاط و زاهد باهم سفر کردند شبی در صحرائی مقام نمودند و با خود گفتند که امشب درین صحرا باشیم و پاسبانی کنیم چهار کس هستیم هر یک یکپاس شب نگهبانی کنیم همه این سخن پسندیدند پاس اول نجار پاسبانی کردن گرفت و برای دفع خواب تیشه برآورد و از چوب صورتی ساخت پاس دوم چون نوبت زرگر رسید و آن صورت چوب را دید که از زر و زیور خالی با دل خود گفت که نجار یک صورت چوب ساخته و هنر خود نموده من هم هنر خود نمایم و زیورات برای گوش و گردن و دست و پای او بسازم و آن صورت را بپوشانم که حسن او زیاده شود چنانچه

The parrot having coucluded this ſtory of the
ſoldier's wife, ſaʾd to Khojiſteh, " My princeſs,
" go quickly to your lover, leſt your huſband
" ſhould arrive, and you incur ſhame with your
" friend, in the ſame manner as the nobleman
" was confounded by the ſoldier's wife " Kho-
jiſteh wanted, and made an effort to go; but at
the very time the cock crowed, and day appearing,
her departure was deferred.

TALE THE FIFTH.

The goldſmith, the carpenter, the taylor, and the hermit,
who quarrelled about a wooden woman.

WHEN the ſun deſcended into the weſt, and
the moon aroſe from the eaſt, Khojiſteh
went to the parrot to aſk leave, and ſaid, " Give
" me permiſſion this night to go to my lover."
The parrot anſwered, " My princeſs, I have given
" you leave every night, why do you tarry? I
" am afraid your huſband may arrive unexpectedly,

M 2   " and

چون طوطی این حکایت زن لشکری تمام کرد خجسته را
کفت که ای کد بانو تو جلد تر پیش محبوب
خود برو مباد اکه شوی تو برسد و از معشوق خود
شرمنده شوی چنانکه امیر زاده از زن لشکری
شرمنده شد خجسته خواست و قصد رفتن کرد
همان وقت خروس آواز کرد و صبح ظاهر شد
رفتن خجسته موقوف کردید

حکایت پنجم زرکر و نجار و خیاط و زاهد
که جهة عورت چوبی تقسیه کرده بودند

چون آفتاب در مغرب رفت و ماه از مشرق
برآمد خجسته بطلب رخصت بر طوطی رفت
و کفت امشب دستوری ده که پیش محبوب
خود روم طوطی کفت ای کد بانو ترا هر شب
رخصت

" nobleman. From their ſufferings in the well, " and bad diet, the hair had fallen from both their " heads, and their complexion was very much " changed. The nobleman ſaid to the ſoldier, " What crimes have theſe girls been guilty of, " that the hair of their heads has been ſhaved? " The ſoldier anſwered, They have committed a " great fault; aſk themſelves. When he examined " them more attentively, he knew them. They, " in their turn having diſcovered the nobleman, began " to weep grievouſly, fell at his feet, and bore teſti- " mony of the woman's chaſtity and innocence. " The wife called out from behind a curtain, Ay, " my lord, I am that woman whom you ſuſ- " pected to be a ſorcereſs, and ſent men to put " me to the proof, and laughed at my huſband. " Now you have learnt my character. The no- " bleman was abaſhed, and aſked forgiveneſs of " his offences."

وریش هردو مطبخ ریخته وافتاده بودند و رنگ روي آنها متغیر و تبدیل شده بود امیرزاده از لشکري پرسید که این کنیزان چه گناه کرده اند که موي سر ایشان تراشیده لشکري گفت که اینها تقصیر عظیم کرده اند از ایشان بپرسند چون نیکو بنگریست شناخت و ایشان نیز امیرزاده را شناختند وبسیار گریستن آغاز نهادند و بر پاي امیرزاده افتادند و بر عصمت و پارسائی آن زن گواهي دادند زن از پس پرده آواز کرد که اي امیرزاده من آن زن ام که تو مرا جادوگر پنداشتي و مردمان را براي امتحان و آزمودن فرستادي و بر شوهر من خندیدي الحال دیدي چگونه ام امیرزاده شرمنده و عذر تقصیرات کرد

چون

" racter of a merchant. He purfued the like
" courfe with the other, and was caught in the
" fame whirlpool. The nobleman, aftonifhed that
" neither of the two cooks came back again, and
" perceiving that fome evil or mifchief muft have
" happened to them, at length refolved to go
" himfelf.

" One day, the nobleman, under pretence of
" hunting, fet out, attended by the foldier. When
" they arrived at the foldier's city, he went to his
" own houfe, and prefented his wife with the
" frefh nofegay. The wife told her hufband all
" that had happened. The next day the foldier
" conducted the nobleman to his dwelling, and
" prepared an hofpitable entertainment. He took
" both the cooks out of the well, and faid to
" them, Guefts are come to my houfe; do you
" both put on women's clothes, place the victuals
" before them, and wait at table; after which I
" will fet you at liberty. The two cooks put on
" female apparel, and ferved up the victuals to the
                                    " nobleman.

نیز بد ستور مطبخ او لبن در انجا همون و تیره قید شد بعد از ان از نامدن هر دو مطبخ در تعجب شدند که از ین هر دو یکی باز نگشتند این معنی خالی از خلل و قباحت نیست اکنون بهتران است که من خود بروم

روزی امیرزاده از بهانه شکار بیرون رفت و لشکری نیز همراه امیرزاده روانه شد چون در شهر او رسید لشکری در خانه خود رفت و گلدستهٔ تازه در پیش زن نهاد زن همه ماجرا با شوهر گفت روز دویم لشکری امیرزاده را در خانه خود برد و ضیافت و مهمانی نمود و آن هر دو مطبخ را از چاه برآورده و بانها گفت که مهمانان بخانه ما آمده اند شما هر دو لباس کنیزان پوشیده طعام پیش انها برید و خدمت او کنید بعد از ان شمارا آزاد خواهم کرد هر دو مطبخ لباس و پارچه پوشیدند و طعام پیش امیرزاده بردند و از عقوبت چاه و غذای بد موهای سر و ریش

" thing to ſay to ſuch a woman as this ;
" then come alone to my houſe, without
" apprizing the procureſs, for theſe ſort of gentry
" cannot preſerve a ſecret. The cook approved
" of her plan, and acted accordingly. The wo-
" man had in her houſe a dry well, on which
" ſhe had placed a bedſtead very ſlightly laced,
" and ſpread over it a ſheet: when the cook re-
" turned, ſhe told him to ſit down on that bed;
" and he having placed himſelf thereon, fell
" through, and began to bawl out. The ſoldier's
" wife ſaid, Tell me truly who thou art, and
" from whence you came? The forlorn cook
" confeſſed all the circumſtances about the ſoldier
" and the nobleman.

" The ſhort of the ſtory is this—The cook,
" unable to get out of the ſcrape, continued in
" this diſtreſsful ſituation. Wnen ſome time had
" paſſed in this manner, and the firſt cook did
" not return, the nobleman gave the other cook
" a large ſum of money, with abundance of goods,
" and ſent him to the ſoldier's wife, in the cha-

racter

زن لایق من نیست با چنین زن دوستی نخواهم کرد بعد ازان تنها در خانهٔ من بیا د لاله را خبر مکن زیرا که ازین قوم راز ظاهر میشود مطبخ این سخن پسندید و انچنان کرد زن در خانهٔ خود چاهی داشت خشک بالای آن چاه چادری بر چهار پائی از ریسمان خام بافته بگسترد چون مطبخ باز آمد زن بران چهار پائی او را نشستن فرمود مطبخ بالای چارپائی نشست و فرو افتاد و شور کردن گرفت زن لشکری پرسید که راست بگو که تو کیستی و از کجا آمدی مطبخ ناچار تمام احوال لشکری و امیرزاده گفت

القصه مطبخ ازین حادثه رفتن نتوانست مجبور ماند مدتی بدین صورت بگذشت امیرزاده از باعث دیر شدن مطبخ مذکور دیگر مطبخ را بسیار مال و روپیه داده بطریق سوداگران نزد زن سپاهی فرستاد او نیز

" chaſtity, ſaying, As long as this noſegay con-
" tinues alive and freſh, know you of a truth
" that my virtue is unſullied. The nobleman
" laughing, ſaid, that his wife muſt be a conjuror
" or a ſorcereſs.

" In a few words, the nobleman had two
" cooks, remarkable for their cunning and adroit-
" neſs. To one of theſe he ſaid, Repair to the
" ſoldier's country, where, through artifice and
" deceit, contrive to form an intimacy with his
" wife, and return quickly with a particular ac-
" count of her; when it will be ſeen whether
" this noſegay will continue freſh and gay, or
" not. In conformity to the nobleman's com-
" mands, the cook, having gone to the ſoldier's
" city, ſent a procureſs to the wife, who, through
" treachery and deceit, waited on her, and deli-
" vered the meſſage. The wife did not give any
" *direct* aſſent to the procureſs, but ſaid, Send the
" man to me, in order that I may ſee whether
" he will be agreeable to me, or not. The
" procureſs introduced the cook to the ſoldier's
" wife, who ſaid in his ear, Go away for the
" preſent, and tell the procureſs I will have no-

 " thing

نشانی عصمت و پاکی خود بمن داده است و گفته که تا این گلدسته تازه و تر خواهد ماند تو یقین بدانی که دامن من از هیچ تقصیر ملوث نشده امیرزاده خندید و گفت که زن تو ساحر و جادو گر است

القصه امیرزاده دو مطبخ داشت بسیار دانا و زیرک یکی را فرمود که در وطن لشکری رفته بمکر و فریب و حیله با زن او همبستر شود و جلد باز گشته از کیفیت زن اطلاع دهد و این گلدسته تازه ماند یا نه معلوم شود مطبخ بموجب حکم امیرزاده در شهر او رفت و یک زن دلاله را نزد زن او فرستاد دلاله پیش زن او رفته بفریب و خداع پیغام مطبخ باو رسانید زن دلاله را هیچ نگفت و جواب داد که آن مرد را پیش من بیار ببینم که لایق من است یا نه دلاله مطبخ را پیش زن لشکری برد زن در گوش مطبخ گفت که حالا از اینجا برو و با دلاله بگو که این زن

"to say to him? The wife replied, It is most
"eligible for you to travel, and get into service.
"I will give you a fresh and lively nosegay;
"as long as the nosegay shall continue in this
"state, you may be assured that I have not com-
"mitted any bad action; if the nosegay should
"wither, you will then know that I have been
"guilty of some fault. The soldier listened to
"these words, and resolved on taking a journey.
"On his departure, the wife presented him with
"a nosegay. When he arrived at a certain city,
"he engaged in the service of a nobleman of
"that place. The soldier always took the nose-
"gay along with him. When the winter season
"arrived, the nobleman said to his attendants, At
"this time of the year a fresh flower is not to
"be seen in any garden, neither is such a thing
"procurable by persons of rank; it is wonderful
"from whence this stranger, the soldier, brings a
"fresh nosegay every day. They said that they
"also were astonished at this circumstance. Then
"the nobleman asked the soldier, What kind of
"a nosegay is this? He answered, My wife
"gave me this nosegay, as an emblem of her

L "chastity,

گفت اکنون مرا چه میگوئي زن گفت مصلحت و بهتري تو درين است که بسفر بروي و نوکري کني گلدستهٔ تازه و تر بتو خواهم داد تا که آن گلدسته تازه و تر خواهد ماند تو يقين بداني که من هيچ کار بد نکرده اگر آن گلدسته پژمرده شود پنداري که از من چيزي تقصير شده لشکري اين سخن شنيده اختيار سفر نمود و زنش وقت رفتن يک دستهٔ گل بشوهر خود داد و او در شهري ديگر رسيده بسرکار اميرزادهٔ آنجا نوکر شد و لشکري آن گلدسته را هميشه باخود داشتي بعد رسيدن ايام خزان اميرزاده باحاضران مجلس گفت که درين هنگام در هيچ باغ گل تازه بنظر در نمي‌آيد و بمردمان عمده دستياب نميشود بسيار تعجب است اين مرد سپاهي غريب هر روز گلدستهٔ تازه و تر از کجا مي‌آرد همه گفتند که مايان نيز تعجب ميکنيم پس اميرزاده از لشکري پرسيد که اين گلدسته چگونه است گفت که اين گلدسته زن من براي نشاني

" to graze. The man, on a ſudden, diſcovering
" a beautiful woman in the litter, deſcended from
" the tree, and ſet about ingratiating himſelf with
" her: ſhe alſo being well inclined towards him,
" began to ſpeak to him in ſuch words as ſuited
" her purpoſe. In ſhort, they gratified their mu-
" tual evil inclinations; after which the woman
" took out of her pocket a ſtring full of knots,
" and added thereto one more knot. The man
" enquired about the ſtring, how it happened to
" have ſo many knots, and what was the reaſon
" of her adding another to the number? The
" woman replied, My huſband, who is a magi-
" cian, has transformed himſelf into an elephant,
" and wanders about the deſart with me on his
" back; yet notwithſtanding he watches me ſo
" narrowly, I had before this carnal knowledge
" of one hundred men, the memory of whom I
" have preſerved by making knots on this ſtring;
" and to-day, through your condeſcenſion, the
" number of knots is increaſed to an hundred
" and one!

" Briefly,—when the ſoldier's wife had concluded
" the ſtory, the huſband aſked what ſhe had further
" to

وخود بچریدن رفت چون ناگاه دران عماری زنی را خوش جمال ومليح ديد بنابران مرد از بالاي درخت فرود آمد وبازن مطایبه آغاز کرد زن نیز بسیار خوشوقت شده باو سخنان مطالب خود نمود القصه هردو باسترضاي خود ها بکار شنیعه مرتکب ومشغول شدند بعد انفراغ کار زن یک رسن از جیب خود براورده پر از گره ویک گره دیگر داد مرد پرسید که این چه ریسمانی و چگونه پر از گره است وگره دیگر براو بستی تو از بهر چیست زن گفت شوهر من جادوگر است خود را مانند شکل پیل متمثل ساخته مرا بر پشت خود میدارد و در بیابان میگردد اگرچه خبرداری ما بسیار میکند لیکن قبل ازین باصد مرد کار بد کرده گره این ریسمان براي یاد داشت داشته امروز بتوجه تو یکصد ویک گره شد القصه زن لشکري چون این قصه تمام کرد لشکري

گفت

The parrot ſaid, " In a certain city dwelt a
" military man, who had a very beautiful wife,
" on whoſe account he was always under appre-
" henſion. The man being indigent, the wife aſk-
" ed him, why he had quitted his occupation and
" profeſſion. He anſwered, I have not confidence
" in you, and therefore do not go any where in
" queſt of employment. The wife ſaid, this is
" a perverſe conceit, for no one can ſeduce a vir-
" tuous woman; and if a woman is vicious, no
" huſband is able to guard her. Have you never
" heard the ſtory of the Jowgee, who kept his
" wife on his back, and wandered about in the
" deſart; *notwithſtanding which*, ſhe was guilty of
" infidelity with an hundred men? The ſoldier
" aſked, What kind of ſtory is that?

" The wife began, with ſaying, that once on a
" time, a man ſaw in the deſart an elephant with
" a litter on his back. The man, alarmed there-
" at, climbed up into a tree. By chance the
" elephant came under that very tree, and having
" ſlipt off the litter from his back, went himſelf
" to

طوطي گفت که در شهري مردي بود
لشکري زني داشت بسيار خوبصورت مرد
هميشه خبرداري او ميکرد چون مرد بسيار
مفلس شد زن شوهر را گفت چرا کسب
وکار ترک کردي شوهر گفت بر تو اعتماد ندارم
ازين سبب کسي جا براي نوکري و چاکري
نميروم زن گفت اين خيال فاسد است زن
صالحه را کسي مرد نمي تواند فريفت و زن
فاسقه را کسي شوهر محافظت نميتواند کرد
حکايت آن جوکي نشنيده که زن خود را بر پشت
خود ميداشت و در بيابان ميگرديد زن او باصد
مرد بدکاري کرد لشکري پرسيد حکايت آن
چگونه بود زن گفتن اغاز کرد که وقتي مردي در
بيابان پيلي ديد بر پشت او عماري مرد از بيم
او بالاي درختي بر آمد اتفاقا پيل بزير همان
درخت آمده عماري از پشت خود فرود آورد

وخود

TALE THE FOURTH.

The nobleman and the ſoldier's wife, whoſe virtue he put to the proof.

WHEN the ſun was ſet and the moon had riſen, Khojiſteh came to the parrot, and ſaid, "You pay no regard to my anguiſh: know "you not that I am diſtracted with love? Give "me leave this very night to go to my ſweet-"heart." The parrot replied, "My own breaſt "is inflamed and torn, on account of your ſor-"row. For as you will hear my tales every night, "inſtead of going to your lover, I am afraid "leſt your huſband arrive, and you get ſhame "with your ſweet-heart, in the ſame manner as "the ſoldier's wife put to confuſion the noble-"man." Khojiſteh deſired to hear the ſtory.

حکایت چهارم امیرزاده و زن لشکری
که امیرزاده امتحان کرده بود

چون آفتاب غروب شد و ماه طلوع کرد خجسته پیش
طوطی آمد و گفت ترا از درد من هیچ خبر نیست نمی دانی
که از عشق بی تابم امشب مرا دستوری ده تا بروم
پیش دوست خود طوطی گفت مرا نیز از غم تو سینه
سوزان و چاک شد تو که هر شب این حکایات از من
می شنوی و پیش یار خود نمی روی چرا میترسم
که اگر شوی تو برسد از دوست شرمنده شوی
چنانکه از زن لشکری امیرزاده شرمنده شده بود
خجسته پرسید که آن حکایت زن لشکری و امیرزاده
چگونه است

طوطی

"dren. The carpenter said, You acted unfairly, "and dishonesty is a grievous sin: should you re-"pent, it would not be astonishing if your children "were restored to their original form. The gold-"smith surrendered to the carpenter his share of the "gold in question; when the carpenter, in return, "brought out the children and presented them to "the goldsmith."

The parrot having finished the story of the goldsmith and the carpenter, said to Khojisteh, Carry not these jewels with you, lest your lover covet them, and cease to entertain friendship and regard for you. Khojisteh wanted to take off the ornaments from her person, and lay them aside, and to go to her sweet-heart, when Aurora appearing, the departure was deferred.

ناحق بشمرارت بانجار چراقضیه میکني زرکر لاچار شده سربرپاي نجار انداخت و معذرت و عذر خواهي کرد و کفت اکر تو این حکمت براي کرفتن حصه آن زرکرده اکنون زر بکیر و پسر آن من بمن بده نجار کفت که تو خیانت کرده و خیانت کناه عظیم دارد اکر توبه کني تعجب نیست که بچکان تو بصورت اصلي شوند زرکر حصه زر مذکور به نجار داد و نجار نیز بچکان را پیش زرکر آورده داد

طوطي چون این حکایت زرکر و نجار تمام کرد خجسته را کفت که تو این زیور باخود مبر مبادا که دوست تو طمع درین زیورات کند و دوستي و محبت تو بکذارد خجسته خواست که زیور را از اندام بیرون آرد و جدا کند و جانب دوست برود صبح صادق روي نمود رفتن خجسته موقوف کشت

حکایت

" denly falling on the ground, they were changed " into bear's cubs. The cazy ſaid, How can I cre- " dit your aſſertion? The carpenter replied, I have " ſeen in antient books that a whole tribe was me- " tamorphoſed; their forms having been changed, " whilſt their reaſon continued; therefore, if theſe " cubs know perſons, and can diſtinguiſh their friends, " my aſſertion will be eſtabliſhed. Now I will let looſe " theſe cubs in the middle of the court amongſt all the " people, when, if they recognize the goldſmith, they " are his children. The cazy having heard and ap- " proved of the carpenter's propoſal, the cubs were " then let looſe, when ſeeing the goldſmith, the exact " counter-part of the wooden figure, they ran to him, " rubbed their heads againſt his feet, and began to play " and friſk about. When the cazy conſidered all " theſe circumſtances, he ſaid to the goldſmith, Now " I do believe that theſe cubs are your children— " take them home with you:—Why do you thus " unjuſtly, and through malice, wrangle with the " carpenter? The goldſmith being confounded, laid " his head at the carpenter's feet, and aſked pardon " for his miſdemeanors, ſaying, If this is your con- " trivance in order to recover your ſhare of the gold, " take the gold immediately, and return me my chil-

" dren.

باهم بازی میکردند اتفاقا بر زمین افتادند و همچو بچکان
خرس مسخ شدند قاضی فرمود که سخن تو چکونه
باور کنم نجار کفت در کتب دیده ام که قومی مسخ
شده بودند صورت انها تبدیل شده اما عقل
انها همچنان برقرار مانده پس اکر این بچکان کسان و
دوستان خود را شناختن توانند سخن من
بیقین خواهد در آمد حالا این بچکانرا در میان
کچهری و تمامی خلایق بکذارم اکر زرکر را بشناسند
بچکان او یند قاضی سخن نجار شنید و پسندید
و بچکان را فرو کذاشت چون زرکر را
صورت همچو صورت چوب دیدند
بچکان باوجود آن مجمع نزد زرکر رفتند و در
پایش سر خودها مالیدند و بازی و لعب کردن
کرفتند قاضی اینهمه احوال دیده باز زرکر
کفت که ای زرکر الحال مرا باور شد
که این بچکان تو هستند اینها را بخانهٔ خود ببر
ناحق

" Some time after, the carpenter made a figure " of wood resembling the goldsmith, and having " dressed it in his clothes, got from some place or " other, two bear's cubs, whose victuals he put into " the skirts and sleeves of the clothes on the figure. " Whenever the cubs were hungry, they ate their " food out of the skirts and sleeves of the effigy's " garment. As soon as the cubs had conceived a " great attachment to the figure, the carpenter made " a feast for the goldsmith and the females of his " family, with other women of the neighbourhood. " The goldsmith's wife with her two sons came to " the carpenter's house. The carpenter having con- " cealed the boys, brought in the two whelps, and " then began to bawl and cry out, that the gold- " smith's sons were transformed into bear's cubs.— " The goldsmith hearing the disturbance, came to " the spot, and said to the carpenter, You assert a " falsity, for never was a man transformed into a " bear. At length the dispute was referred to the " governor and cazy of the place, and brought be- " fore them. The cazy enquired of the carpenter " how the case stood. The carpenter replied, The " goldsmith's sons were playing together, when sud-

" denly

بعد چندي نجار همچون زرگر صورتي از
چوب ساخت و لباس زرگر اورا پوشانيد
و دو خرس بچه از کسي جا آورد و طعمهٔ آنها
در دامن و آستين آن صورت مي نهاد
هرگاه که خرس بچگان گرسنه ميشدند طعمه از دامن
و آستين آنصورت مي خوردند چون بچگان خرس را
بآن صورت الفتي و محبتي بسيار شد نجار مذکور
زرگر را و زنان زرگر و زنان همسايه را ضيافت کرد
زن زرگر با دو پسران خود در خانهٔ نجار رفت
نجار آن پسران را جاي پنهان کرده آن دو خرس
بچگان را آورد و شور و غوغا آغاز کرد که پسران زرگر
همچو بچگان خرس شدند زرگر اين شور شنيده
انجا رسيد و بانجار گفت که دروغ ميگوئي آدمي گاهي
همچو خرس نشده آخرش اين قصه پيش حاکم
و قاضي انجا رفت و رجوع شد قاضي پرسيد از نجار
که اين احوال چگونه شد نجار گفت پسران زرگر

باهم

" these two perſons go through them; on which ac-
" count we feel ſhame. After ſome days the tem-
" ple was entirely deſerted by the Brahmins, no per-
" ſon remaining but the goldſmith and the carpenter.
" One night the goldſmith and the carpenter ſeized
" all the images, and ſet out for their own city.
" When they arrived in the neighbourhood of their
" own city, they buried the images under a tree,
" and then went to their reſpective homes. One
" night the goldſmith went alone, and carried all the
" images to his own houſe. In the morning he ex-
" claimed againſt the carpenter, ſaying, Thief! thou
" has forgotten our long friendſhip, and ſtolen my
" ſhare: this money you will devour in a few days.
" *At firſt* the carpenter was aſtoniſhed, and ſaid *to*
" *himſelf*, What is this that he ſaith? O, goldſmith!
" I ſuſpect your doings; but, however, for god's ſake,
" don't fix any accuſation on me. The carpenter
" was a ſhrewd fellow, and ſeeing it would anſwer
" no purpoſe to wrangle or diſpute, remained ſilent.

گمان میکنند ازین سبب شرم میکنیم بعد چند
روز بت خانه مسطور از همه برهمنان خالي شد
ودر انجا جز زرگر و نجار کسي ديگر نماند شبي زرگر
و نجار آن همه بتان را گرفتند و طرف شهر
خود ها روان شدند

چون نزديک شهر خودها رسيدند بتان را
زير درخت دفن کردند و بخانه خودها آمدند
شبي زرگر تنها آنجا رفت و همه بتان
را در خانه خود آورد و در وقت فجر و صبح
نجار را گفت که اي دزد محبت قديم
فراموش کردي و حصهٔ من هم دزديدي
آن زر چندر و زخواهي خورد نجار حيران شد
و با دل خود گفت که اين چه ميگويد و جواب داد
که اي زرگر هرچه کردهٔ پنداشته ام براي
خدا بر من تهمت منه نجار عاقل بود با او قضيه
و فساد نمودن هيچ فايده نديد و خاموش ماند

بعد

" In a certain city there had fubfifted fuch friend-
" fhip between a goldfmith and a carpenter, that
" every perfon who faw them imagined them to be
" brothers.   Once on a time they undertook a
" journey together, and on their arrival at a
" certain city, were much diftreffed for the means of
" defraying their expences.   They faid to each other,
" As there is in this city an idol temple, wherein
" are many golden images, it is advifeable that we
" feign ourfelves Brahmins, and entering into the
" fervice of the temple, perform our devotions, till
" we can find a convenient opportunity for ftealing
" fome of the images.   Then both having entered
" the temple, they began to worfhip. The other Brah-
" mins, beholding their mode of worfhipping, were
" fo much afhamed, that every day one or two Brah-
" mins left the temple, and did not return ; and if
" any perfon queftioned them, why they had done
" fo, they would fay, Becaufe we men are not able
" to perform the ceremonies, in the manner that

i   " thefe

طوطي گفت که در شهري بازرگري ونجار آن چنان
محبت و دوستي بود که هر کس که ايشانرا ديدي
برادر پنداشتي وقتي زرگر ونجار باهم بسفر رفتند و
در شهري رسيدند و انجا بسيار بيخرچ شدند باخودها
گفتند که درين شهر بتخانهٔ است انجا بتان زرين
بسيار هستند مصلحت آنست که ماخودها را
برهمن سازيم و دران بتخانه برويم و عبادت
کنيم هرگاه وقت فرصت بيابيم چند بت را
از انجا دزدي کنيم
پس هر دو دران بتخانه رفته عبادت آغاز کردند
وشروع نمودند برهمنان ديگر چون عبادت ايشان
را ديدند شرمنده شدند يک دو برهمن هر روز
ازان بت خانه بيرون رفتندي و باز نآمدندي اگر کسي
از انها مي پرسيد که چرا بتخانه را گذاشتيد گفتندي
که ما مردمان عبادت کردن نميتوانيم چنانکه آن
دو کسان

" denly falling on the ground, they were changed
" into bear's cubs. The cazy faid, How can I cre-
" dit your affertion ? The carpenter replied, I have
" feen in antient books that a whole tribe was me-
" tamorphofed ; their forms having been changed,
" whilft their reafon continued ; therefore, if thefe
" cubs know perfons, and can diftinguifh their friends,
" my affertion will be eftablifhed. Now I will let loofe
" thefe cubs in the middle of the court amongft all the
" people, when, if they recognize the goldfmith, they
" are his children. The cazy having heard and ap-
" proved of the carpenter's propofal, the cubs were
" then let loofe, when feeing the goldfmith, the exact
" counter-part of the wooden figure, they ran to him,
" rubbed their heads againft his feet, and began to play
" and frifk about. When the cazy confidered all
" thefe circumftances, he faid to the goldfmith, Now
" I do believe that thefe cubs are your children—
" take them home with you :—Why do you thus
" unjuftly, and through malice, wrangle with the
" carpenter? The goldfmith being confounded, laid
" his head at the carpenter's feet, and afked pardon
" for his mifdemeanors, faying, If this is your con-
" trivance in order to recover your fhare of the gold,
" take the gold immediately, and return me my chil-
" dren.

باهم بازي ميكردند اتفاقا بر زمين افتادند و همچو بچگان
خرس مسخ شدند قاضي فرمود كه سخن تو هيچكونه
باور كنم نجار گفت در كتب ديده ام كه قومي مسخ
شده بودند صورت انها تبديل شده اما عقل
انها هم چنان برقرار مانده پس اكر اين بچگان كسان و
دوستان خود را شناختن تو انند سخن من
بيقين خواهد در آمد حالا اين بچگانرا در ميان
كچهري و تمامي خلايق بگذارم اگر زرگر را بشناسند
بچگان او يند قاضي سخن نجار شنيد و پسنديد
و بچگان را فرو گذاشت چون زرگر را
صورت همچو صورت چوب ديدند
بچگان باوجود آن مجمع نزد زرگر رفتند و در
پايش سر خود ها ماليدند و بازي و لعب كردن
گرفتند قاضي اينهمه احوال ديده باز رگر
گفت كه اي زرگر الحال مرا باور شد
كه اين بچگان تو هستند اينها را بخانهٔ خود ببر
ناحق

" Some time after, the carpenter made a figure
" of wood refembling the goldfmith, and having
" drefled it in his clothes, got from fome place or
" other, two bear's cubs, whofe victuals he put into
" the fkirts and fleeves of the clothes on the figure.
" Whenever the cubs were hungry, they ate their
" food out of the fkirts and fleeves of the effigy's
" garment. As foon as the cubs had conceived a
" great attachment to the figure, the carpenter made
" a feaft for the goldfmith and the females of his
" family, with other women of the neighbourhood.
" The goldfmith's wife with her two fons came to
" the carpenter's houfe. The carpenter having con-
" cealed the boys, brought in the two whelps, and
" then began to bawl and cry out, that the gold-
" fmith's fons were transformed into bear's cubs.—
" The goldfmith hearing the difturbance, came to
" the fpot, and faid to the carpenter, You affert a
" falfity, for never was a man transformed into a
" bear. At length the difpute was referred to the
" governor and cazy of the place, and brought be-
" fore them. The cazy enquired of the carpenter
" how the cafe ftood. The carpenter replied, The
" goldfmith's fons were playing together, when fud-
" denly

بعد چندي نجار همچون زركر صورتي از
چوب ساخت و لباس زركر اورا پوشانید
و دو خرس بچه از كسي جا آورد و طعمهٔ آنها
در دامن و آستین آن صورت مي نهاد
هرگاه كه خرس بچكان كم سنه ميشدند طعمه از دامن
و آستین آنصورت مي خوردند چون بچكان خرس را
بآن صورت الفتي و محبتي بسيار شد نجار مذكور
زركر را و زنان زركر و زنان همسايه را ضيافت كرد
زن زركر با دو پسران خود در خانهٔ نجار رفت
نجار آن پسران را جاي پنهها كرده آن دو خرس
بچكان را آورد و شور و غوغا آغاز كرد كه پسران زركر
همچو بچكان خرس شدند زركر این شور شنیده
انجا رسید و بانجار كفت كه دروغ ميكوئي آدمي كاهي
همچو خرس نشده آخرش این قصه پیش حاكم
و قاضي انجا رفت و رجوع مشد قاضي پرسید از نجار
كه این احوال چكونه شد نجار كفت پسران زركر
باهم

" these two persons go through them; on which ac-
" count we feel shame. After some days the tem-
" ple was entirely deserted by the Brahmins, no per-
" son remaining but the goldsmith and the carpenter.
" One night the goldsmith and the carpenter seized
" all the images, and set out for their own city.
" When they arrived in the neighbourhood of their
" own city, they buried the images under a tree,
" and then went to their respective homes. One
" night the goldsmith went alone, and carried all the
" images to his own house. In the morning he ex-
" claimed against the carpenter, saying, Thief! thou
" has forgotten our long friendship, and stolen my
" share: this money you will devour in a few days.
" *At first* the carpenter was astonished, and said *to*
" *himself*, What is this that he saith? O, goldsmith!
" I suspect your doings; but, however, for god's sake,
" don't fix any accusation on me. The carpenter
" was a shrewd fellow, and seeing it would answer
" no purpose to wrangle or dispute, remained silent.

گمان میکنند ازین سبب شرم میکنیم بعد چند
روز بت خانه مسطور از همه برهمنان خالي شد
ودرانجا جز زرگر و نجار کسي ديگر نماند شبي زرگر
و نجار آن همه بتان را گرفتند و طرف شهر
خود هاروان شدند
چون نزديک شهر خود هارسيدند بتان را
زير درخت دفن کردند و بخانه خود ها آمدند
شبي زرگر تنها آنجا رفت و همه بتان
را در خانه خود آورد و در وقت فجر و صبح
نجار را گفت که اي دزد محبت قديم
فراموش کردي و حصهٔ من هم دزديدي
آن زر چندر و زخواهي خورد نجار حيران شد
و با دل خود گفت که اين چه ميگويد و جواب داد
که اي زرگر هر چه کردهٔ پنداشته ام براي
خدا بر من تهمت منه نجار عاقل بود با او قضيه
و فسادنمودن هيچ فايده نديد و خاموش ماند

بعد

" In a certain city there had ſubſiſted ſuch friend-
" ſhip between a goldſmith and a carpenter, that
" every perſon who ſaw them imagined them to be
" brothers. Once on a time they undertook a
" journey together, and on their arrival at a
" certain city, were much diſtreſſed for the means of
" defraying their expences. They ſaid to each other,
" As there is in this city an idol temple, wherein
" are many golden images, it is adviſeable that we
" feign ourſelves Brahmins, and entering into the
" ſervice of the temple, perform our devotions, till
" we can find a convenient opportunity for ſtealing
" ſome of the images. Then both having entered
" the temple, they began to worſhip. The other Brah-
" mins, beholding their mode of worſhipping, were
" ſo much aſhamed, that every day one or two Brah-
" mins left the temple, and did not return; and if
" any perſon queſtioned them, why they had done
" ſo, they would ſay, Becauſe we men are not able
" to perform the ceremonies, in the manner that

I " theſe

طوطي گفت که در شهري بازرگري ونجار آن چنان محبت و دوستي بود که هرکس که ایشانرا ديدي برادر پنداشتي وقتي زرگر ونجار باهم بسفر رفتند و در شهري رسيدند وانجا بسيار بيخرج شدند باخودها گفتند که درين شهر بتخانهٔ است انجا بتان زرين بسيار هستند مصلحت آنست که ماخودها را برهمن سازيم و دران بتخانه برويم و عبادت کنيم هرگاه وقت فرصت بيابيم چند بت را از انجا دزدي کنيم

پس هردو دران بتخانه رفته عبادت آغاز کردند و شروع نمودند برهمنان ديگر چون عبادت ايشان را ديدند شرمنده شدند يک دو برهمن هرروز ازان بت خانه بيرون رفتندي و باز نآمدندي اگر کسي از انها مي پرسيد که چرا بتخانه را گذاشتيد گفتندي که مامردمان عبادت کردن نميتوانيم چنانکه آن

دو کسان

TALE THE THIRD.

The goldſmith and the carpenter; and the theſt and concealment of the golden images.

WHEN the ſun was ſet, and the moon riſen, Khojiſteh having covered herſelf with gold and jewels, went to the parrot, and ſaid, "Give me leave to repair to my ſweet-heart to-"night." The parrot anſwered, "I gave you per-"miſſion the firſt night, why do you loiter till "now? but it is not adviſeable that you ſhould "go and appear before the man bedecked in theſe "ornaments, leſt he may covet them, and quit his "affection for you; juſt as the goldſmith, who covet-"ed the carpenter's gold, and abandoned a friendſhip "of many years ſtanding." Khojiſteh having deſired to hear the detail of the ſtory, the parrot repeated it as follows:—

"In

قصهٔ سیوم زرکر و نجار و دزدیدن بتهای زر و پنهان کردن ان

چون آفتاب غروب شد و ماه طلوع کرد دید خجسته بسیار زر و زیور پوشیده نزد طوطي رفت و گفت امشب مرا رخصت ده که پیش محبوب خود بروم طوطي گفت که ترا اول شب دستوري داده ام چرا هنوز توقف میکني لیکن این زیور که پوشیدهٔ خوب نیست که با این زیور پیش مرد که میروي مبادا که در زیور تو او طمع کند و محبت تو بگذارد چنانکه زرگري زر از نجار طمع کرده بود و دوستي سالها گذاشته

خجسته پرسید که حقیقت زرکر و نجار چه قسم است مفصل بیان کن

طوطي

" Then the king retired, and repofed himfelf on
" a couch. When the true dawn fhone forth, the
" king, being feated on his throne, commanded
" the minifters of ftate to require the attendance of
" all the omrah, viziers, fages, and governors of
" provinces, throughout the empire ; and, before all
" perfons prefent at the council of ftate, appointed
" the centinel his vicegerent, and committed to his
" care all the locks and keys of his treafury, &c."

By the time the parrot had made an end of
the ftory of the king of Teberiftan, the true dawn
had appeared, and the fun was rifen and fhone
forth; on which account, Khojifteh's departure was
deferred; and having been kept all night without
fleep, hearing the ftory, fhe retired and repofed
herfelf on a velvet couch.

TALE

بعده شاه براي خوابيدن رفت و بالاي بستر خفت چون صبح صادق روشن شد پادشاه بر تخت جلوس فرمود و کارپردازان بارگاه را حکم صادر شد که همه اميران و وزيران و دانايان و ناظمان ملک حاضر شدند و در حضور همه مردمان حضار مجلس پاسبان را ولي عهد خويش کردانيد و کليدها و قفلهاي خزانه و غيره حواله پاسبان کردانيد

وقتيکه طوطي قصهٔ شاه طبرستان تمام کرد صبح صادق پديد آمد و افتاب طلوع و تابان کرديد ازين باعث و سبب رفتن خجسته موقوف شد از انجا که خجسته همه شب جهة شنيدن قصهٔ پاسبان و شاه طبرستان بيدار و بيخواب مانده بود براي خوابيدن رفت و بالاي بستر مخمل خفت

قصه

'with truth, have reſtored peace and good under-
'ſtanding between her and the huſband; and now
'the woman has promiſed, bargained, and agreed,
'never again to quit his houſe for the ſpace of
'ſixty years.'

"The king having ſeen, comprehended, and
"approved of his loyalty and good conduct, diſ-
"covered himſelf, ſaying, At the time you went
"from hence, I followed you, and have ſeen and
"heard all that paſſed between you, the woman,
"and your ſon, teſtifying the attachment, affection,
"and loyalty, of both. This is my determination:
"hitherto you have been poor and needy, ſo that your
"mind has been troubled and perplexed; but truſt
"in God for the future, and be eaſy and happy;
"for, with the divine aſſiſtance, I will make you
"rich, and promote you to high dignity.

"Then

سخنان نرم و ملایم و راستی آمیز با و اظهار
کرده درمیان زن و شوهر زن صلح و آشتی
کرده دادم الحال آن زن و عده ومیعاد
و عهد کرد که باز تا مدت شصت سال از
خانهٔ شوهر خود بیرون نخواهد آمد

پادشاه مذکور نیکوکاری و دانائی او دیده و
فهمیده و پسندیده مسرور گردید و ظاهر کرد که در
حینیکه تو از اینجا بیرون رفتی من بتما قب تو
رفتم و همه سوال و جواب تو و زن و پسر تو و محبت
و عقیدت و ارادت تو و پسر تو دیده ام و شنیده ام
غرض در ایام گذشته و سابق مسکین و محتاج
بودی و آشفته و پریشان خاطر افشا اسد تعالی
در زمان آینده و حال و مستقبل خاطر جمعدار البته
خوشدل خواهی شد و من ترا از عون الهی
دولتمند و عمده خواهم کرد

بعد

"The centinel, on hearing these glad tidings, "was filled with joy and delight. The king, who "had seen from a distance all the acts and deeds "of the father and his son, was highly pleased; "and getting the start of the centinel, repaired "quickly to the roof of the palace, and then "walked about in the same manner as before.— "Half an hour afterwards the centinel appeared "in the king's presence, the treasury of munifi- "cence, and then performing the usual ceremonies "of homage and obeisance, uttered the follow- "ing salutation — Long life, wealth, peace, and "splendor, attend the monarch of the world! The "king commanded him to relate and explain the "meaning of the noise. The centinel folded his "arms on his bosom in token of respect, and "thus addressed himself to the presence abounding "with mercies:—'A beautiful and elegant woman, 'finding her husband's ill-treatment insupportable, 'forsook his house, and was sitting on the ground 'making this lamentation. I approached her, and by 'speaking in soft and conciliating terms, tempered

وقتیکه پاسبان این مژده و بشارت و نوید شنیده بسیار مسرت و فراوان عشرت و انبساط حاصل کرد چون این همه کاروبار و معاملت پاسبان و پسر اورا پادشاه از دور دیده بار تیاح و ابتهاج باز کردید و پیش از آمدن پاسبان زود خودرا بر بالاخانه رسانیده بطرز اول در بالاخانه میکردید پاسبان نیز بعد نیم ساعت در حضور فیض گنجور شاه خود را رسانید واداب و تسلیمات و کورنشات بجا آورده دعاداد که جبرود دولت و جاه و حشمت شاهجهان در از باد پادشاه کفت اي پاسبان آن چه آواز بود مشروحاً و مفصلاً آنرا بیان کن و بگو پاسبان هردو دست خود را با ادب بر سینه بسته در حضور کرم معمور شاه عرض کرد که یک زن خوب صورت و خوش جمال از شوي خود ناخوش و آزرده شده از خانه شوهر خود بیرون امده در راه نشسته اینقسم اواز میکرد من در خدمت ان زن رسیده سخنان

" jects, it is not to be accounted a sin or transgression; because if a good monarch is rescued " from death, and continued in safety, he preserves " in tranquility thousands who are under his dominion; God forbid, that this just king should " die, lest he may be succeeded by a tyrant, " through whose cruelty and oppression thousands " of mankind might perish, and the whole kingdom become a desert. It is therefore fit and " expedient that you take me quickly, and put " me to death.

" After *this resolution*, the centinel carried his son to " the phantom, and having bound his hands and feet, " took in his hand a sharp knife, and stooped down " to cut his son's throat. At this juncture, the " phantom arrested the centinel's hand, saying, do " not sacrifice your son, the Almighty being satisfied with your intention, is gracious, and hath " commanded me to remain sixty years longer.

و مکتب را میفرمودند که اگر در عوض دفع هلاکی پادشاه عادل کار بپرداز ان سلطنت یکی از آدم رعایا را بکشند موجب گناه و عصیان نیست چرا که اگر پادشاه منصف از هلاکی رهائی یابد و سلامت باشد هزاران رعایای ملک را در آرام خواهد داشت خدانخواسته اگر این عادل بمیرد و دیگر ظالم پیدا شود تا هزاران عالم از باعث ظلم و ستم او خواهند مرد و همه ملک ویران خواهد شد پس این مصلحت و صلاح است که مرا ذوبحی و بکشی

بعده پاسبان پسر را در حضور تصویر مذکور آورده دست و پایش بسته و تیز کارد در دست گرفته برای بریدن حلقوم پسر خود خم شد درین اثنا تصویر دست پاسبان بگرفت و گفت که گلوی پسر خود مبر حق تعالی بر همت و نیک کاری تو خورسند و مهربان گردیده باز مرا تا بودن شصت سال حکم داد

وقتیکه

" in order that the king may live ſome time longer " in the world, and not die immediately. The " king and the centinel experienced ſatisfaction " and delight on hearing theſe words from the " figure. The centinel replied, my own life, " with that of my ſon, I will devote, offer, " and beſtow, to prolong his majeſty's days; do " you tarry and delay one hour, till I can go to " my houſe, and bring my ſon, and ſacrifice him " in your preſence.

" Briefly—The centinel went to his own houſe, " and told his ſon all the circumſtances. The ſon " being loyal, made this declaration, His majeſty " is juſt and equitable, affectionate to his ſubjects, " and kind to ſtrangers; the exiſtence of ſuch a " monarch cauſes, and will ſecure, the proſperity " of the kingdom, and the happineſs of his peo- " ple. I have learnt the following leſſon from my " tutor, (on whom be the mercy of God!) and " which he taught to all the children of the " ſchool. That if, in order to avert the deſtruc- " tion of a juſt king, the miniſters of ſtate were " to put to death a man from amongſt his ſub- " jects,

عوض عمر شاه خواهي داد البته مراجعت و معاودت خواهم کرد تا بادشاه مذکور چند مدت در جهان خواهد زیست و زود نخواهد مرد شاه و پاسبان و قتیکه این سخن از تصویر گوش کرد شادمان و خوشحال گردید پاسبان جواب داد که عمر خود و پسر خود بر عمر شاه فدا و نثار و تصدق خواهم کرد تو اي تصویر ساعتي توقف و درنگ و تاخیر بکن تا من درخانه رفته پسر خود را آورده درحضور تو ذبح کنم

القصه طرف خانهٔ خود رفت و همه کیفیت را با پسر خود گفت از انجا له پسرش باوفا بود جواب داد که پادشاه منصف و عادل و رعیت پرور و غریب نواز است مثال این در جهان بودن موجب آبادي ملک ورفاهیت احوال باشندگان ملک است و خواهد بود من از استاد رحمته الله علیه این اندرز شنیده ام که همه طفلان دبستان

و مکتب

" In a certain city there had ſubſiſted ſuch friend-
" ſhip between a goldſmith and a carpenter, that
" every perſon who ſaw them imagined them to be
" brothers. Once on a time they undertook a
" journey together, and on their arrival at a
" certain city, were much diſtreſſed for the means of
" defraying their expences. They ſaid to each other,
" As there is in this city an idol temple, wherein
" are many golden images, it is adviſeable that we
" feign ourſelves Brahmins, and entering into the
" ſervice of the temple, perform our devotions, till
" we can find a convenient opportunity for ſtealing
" ſome of the images. Then both having entered
" the temple, they began to worſhip. The other Brah-
" mins, beholding their mode of worſhipping, were
" ſo much aſhamed, that every day one or two Brah-
" mins left the temple, and did not return; and if
" any perſon queſtioned them, why they had done
" ſo, they would ſay, Becauſe we men are not able
" to perform the ceremonies, in the manner that

I " theſe

طوطي گفت که در شهري بازرگري ونجار آن چنان
محبت و دوستي بود که هر کس که ايشانرا ديدي
برادر پنداشتي وقتي زرگر ونجار باهم بسفر رفتند و
در شهري رسيدند وانجا بسيار بيخرچ شدند باخود ها
گفتند که درين شهر بتخانهٔ است انجا بتان زرين
بسيار هستند مصلحت آنست که ما خود ها را
برهمن سازيم و دران بتخانه برويم و عبادت
کنيم هر گاه وقت فرصت بيابيم چند بت را
از انجا دزدي کنيم
پس هر دو دران بتخانه رفته عبادت آغاز کردند
وشروع نمودند برهمنان ديگر چون عبادت ايشان
را ديدند شرمنده شدند يک دو برهمن هر روز
ازان بت خانه بيرون رفتندي و باز نآمدندي اگر کسي
از انها مي پرسيد که چرا بتخانه را گذاشتيد گفتندي
که ما مرد مان عبادت کردن نميتدوانيم چنانکه آن
دو کسان

TALE THE THIRD.

The goldſmith and the carpenter; and the theft and
concealment of the golden images.

WHEN the ſun was ſet, and the moon ri-
ſen, Khojiſteh having covered herſelf with
gold and jewels, went to the parrot, and ſaid,
"Give me leave to repair to my ſweet-heart to-
"night." The parrot anſwered, "I gave you per-
"miſſion the firſt night, why do you loiter till
"now? but it is not adviſeable that you ſhould
"go and appear before the man bedecked in theſe
"ornaments, leſt he may covet them, and quit his
"affection for you; juſt as the goldſmith, who covet-
"ed the carpenter's gold, and abandoned a friendſhip
"of many years ſtanding." Khojiſteh having
deſired to hear the detail of the ſtory, the parrot
repeated it as follows:—

"In

قصهٔ سیوم زرکر و نجار و دزدیدن بتهای زر و پنهان کردن ان

چون آفتاب غروب شد و ماه طلوع کرد دید خجسته با زر و زیور پوشیده نزد طوطی رفت و گفت امشب مرا رخصت ده که پیش محبوب خود بروم طوطی گفت که ترا اول شب دستوری داده ام چرا هنوز توقف میکنی لیکن این زیور که پوشیدهٔ خوب نیست که با این زیور پیش مرد که میروی مبادا که در زیور تو او طمع کند و محبت تو بگذارد چنانکه زرگری زر از نجار طمع کرده بود و دوستی سالها گذاشته

خجسته پرسید که حقیقیت زرکر و نجار چه قسم است مفصل بیان کن

طوطی

" Then the king retired, and repofed himfelf on
" a couch. When the true dawn fhone forth, the
" king, being feated on his throne, commanded
" the minifters of ftate to require the attendance of
" all the omrah, viziers, fages, and governors of
" provinces, throughout the empire ; and, before all
" perfons prefent at the council of ftate, appointed
" the centinel his vicegerent, and committed to his
" care all the locks and keys of his treafury, &c."

By the time the parrot had made an end of
the ftory of the king of Teberiftan, the true dawn
had appeared, and the fun was rifen and fhone
forth ; on which account, Khojifteh's departure was
deferred ; and having been kept all night without
fleep, hearing the ftory, fhe retired and repofed
herfelf on a velvet couch.

TALE

بعده شاه براي خوابيدن رفت و بالاي بستر
خفت چون صبح صادق روشن شد
پادشاه بر تخت جلوس فرمود و کارپردازان
بارگاه را حکم صادر شد که همه امیران و وزیران
و دانایان و ناظمان ملک حاضر شدند و در حضور
همه مردمان حضار مجلس پاسبان را ولی عهد
خویش گردانید و کلید ها و قفل هاي خزانه و غیره
حواله پاسبان کردانید

وقتیکه طوطي قصهٔ شاه طبرستان تمام کرد صبح صادق
پدید آمد و آفتاب طلوع و تابان کردید از این
باعث و سبب رفتن خجسته موقوف شد
از انجا که خجسته همه شب جهة شنیدن قصهٔ
پاسبان و شاه طبرستان بیدار و بیخواب
مانده بود براي خوابیدن رفت و بالاي بستر
مخمل خفت

قصه

‘ with truth, have reſtored peace and good under-
‘ ſtanding between her and the huſband; and now
‘ the woman has promiſed, bargained, and agreed,
‘ never again to quit his houſe for the ſpace of
‘ ſixty years.’

" The king having ſeen, comprehended, and
" approved of his loyalty and good conduct, diſ-
" covered himſelf, ſaying, At the time you went
" from hence, I followed you, and have ſeen and
" heard all that paſſed between you, the woman,
" and your ſon, teſtifying the attachment, affection,
" and loyalty, of both. This is my determination:
" hitherto you have been poor and needy, ſo that your
" mind has been troubled and perplexed; but truſt
" in God for the future, and be eaſy and happy;
" for, with the divine aſſiſtance, I will make you
" rich, and promote you to high dignity.

" Then

سخنان نرم و ملایم و راستی امیز باو اظهار
کرده درمیان زن و شوهر زن صلح و آشتی
کرده داد م الحال آن زن وعده و میعاد
و عهد کرد که باز تا مدت شصت سال از
خانهٔ شوهر خود بیرون نخواهد آمد
پادشاه مذکور نیکوکاري و داناڻي او دیده و
فهمیده و پسندیده مسرور گردید و ظاهر کرد که در
حینیکه تو ازینجا بیرون رفتي من بتعاقب تو
رفتم و همه سوال و جواب تو و زن و پسر تو و محبت
و عقیدت و ارادت تو و پسر تو دیده ام و شنیده ام
غرض در ایام گذشته و سابق مسکین و محتاج
بودي و آشفته و پریشان خاطر انشاء الله تعالی
در زمان آینده و حال و مستقبل خاطر جمع دار البته
خوشدل خواهي شد و من ترا از عون الهي
دولتمند و عمده خواهم کرد

بعد

"The centinel, on hearing theſe glad tidings, "was filled with joy and delight. The king, who "had ſeen from a diſtance all the acts and deeds "of the father and his ſon, was highly pleaſed; "and getting the ſtart of the centinel, repaired "quickly to the roof of the palace, and then "walked about in the ſame manner as before.— "Half an hour afterwards the centinel appeared "in the king's preſence, the treaſury of munifi-"cence, and then performing the uſual ceremonies "of homage and obeiſance, uttered the follow-"ing ſalutation — Long life, wealth, peace, and "ſplendor, attend the monarch of the world! The "king commanded him to relate and explain the "meaning of the noiſe. The centinel folded his "arms on his boſom in token of reſpect, and "thus addreſſed himſelf to the preſence abounding "with mercies:—'A beautiful and elegant woman, 'finding her huſband's ill-treatment inſupportable, 'forſook his houſe, and was ſitting on the ground 'making this lamentation. I approached her, and by 'ſpeaking in ſoft and conciliating terms, tempered

وقتیکه پاسبان این مژده وبشارت ونوید شنیده
بسیار مسرت وفراوان عشرت و انبساط حاصل
کرد چون این همه کاروبار و معاملت پاسبان و پسر اورا
پادشاه از دور دیده بارتیاح وابتهاج باز کردید
وپیش از آمدن پاسبان زود خودرا بربالاخانه رسانیده
بطرز اول در بالاخانه میکردید پاسبان نیز بعد
نیم ساعت درحضور فیض گنجور شاه خودرا رسانید
واداب و تسلیمات وکورنشات بجاآورده دعاداد
که جمیع دولت و جاه وحشمت شاهجهان دراز باد
پادشاه کفت اي پاسبان آن چه آواز
بود مشروحا ومفصلا آنرا بیان کن وبگو پاسبان هردو
دست خودرا باادب برسینه بسته درحضور کرم معمور
شاه عرض کرد که یک زن خوب صورت وخوش
جمال از شوي خود ناخوش وآزرده شده ازخانه
شوهر خود بیرون امده در راه نشسته اینقسم
اواز میکرد من در خدمت ان زن رسیده
سخنان

" jects, it is not to be accounted a fin or tranf-
" greffion; becaufe if a good monarch is refcued
" from death, and continued in fafety, he preferves
" in tranquility thoufands who are under his do-
" minion; God forbid, that this juft king fhould
" die, left he may be fucceeded by a tyrant,
" through whofe cruelty and oppreffion thoufands
" of mankind might perifh, and the whole king-
" dom become a defert. It is therefore fit and
" expedient that you take me quickly, and put
" me to death.

" After *this refolution*, the centinel carried his fon to
" the phantom, and having bound his hands and feet,
" took in his hand a fharp knife, and ftooped down
" to cut his fon's throat. At this juncture, the
" phantom arrefted the centinel's hand, faying, do
" not facrifice your fon, the Almighty being fatis-
" fied with your intention, is gracious, and hath
" commanded me to remain fixty years longer.

" The

و بمکتب را میفرمودند که اکر در عوض دفع هلاکي پادشاه عادل کار پرداز ان سلطنت یکي از آدم رعایا رابکشند موجب کناه وعصیان نیست چرا که اکر پادشاه منصف از هلاکي رهائي یابد و سالامت باشد هزاران رعایاي ملک را در آرام خواهد داشت خدانخواسته اکر این عادل بمیرد و دیکر ظالم پیدا شود تا هزاران عالم از باعث ظلم وستم او خواهند مرد و همه ملک ویران خواهد شد پس این مصلحت وصلاح است که مرا ز وبهري و بکشي

بعده پاسبان پسر را در حضور تصویر مذکور آورده دست و پایش بسته و تیز کارد در دست کرفته براي بریدن حلقوم پسر خود خم شد درین اثنا تصویر دست پاسبان بکرفت و کفت که کلوي پسر خود تمبر حق تعالي برهمت و نیک کاري تو خورسند ومهربان کردید وباز مرا تا بودن شصت سال حکم داد

وقتیکه

" in order that the king may live ſome time longer " in the world, and not die immediately. The " king and the centinel experienced ſatisfaction " and delight on hearing theſe words from the " figure. The centinel replied, my own life, " with that of my ſon, I will devote, offer, " and beſtow, to prolong his majeſty's days; do " you tarry and delay one hour, till I can go to " my houſe, and bring my ſon, and ſacrifice him " in your preſence.

" Briefly—The centinel went to his own houſe, " and told his ſon all the circumſtances. The ſon " being loyal, made this declaration, His majeſty " is juſt and equitable, affectionate to his ſubjects, " and kind to ſtrangers; the exiſtence of ſuch a " monarch cauſes, and will ſecure, the proſperity " of the kingdom, and the happineſs of his peo- " ple. I have learnt the following leſſon from my " tutor, (on whom be the mercy of God!) and " which he taught to all the children of the " ſchool. That if, in order to avert the deſtruc- " tion of a juſt king, the miniſters of ſtate were " to put to death a man from amongſt his ſub-

" jects,

عوض عمر شاه خواهي داد البته مراجعت و معاودت خواهم کرد تا بادشاه مذکور چند مدت در جهان خواهد زيست و زود نخواهد مرد شاه و پاسبان وقتيکه اين سخن از تصوير گوش کرد شادمان و خوشحال کرديد پاسبان جواب داد که عمر خود و پسر خود بر عمر شاه فدا و نثار و تصدق خواهم کرد تو اي تصوير ساعتي توقف و درنک و تاخير بکن تا من در خانه رفته پسر خود را آورده در حضور تو ذبح کنم

القصه طرف خانهٔ خود رفت و همه کيفيت را با پسر خود گفت از انجا که پسرش باوفا بود جواب داد که پادشاه منصف و عادل و رعيت پرور و غريب نواز است مثل اين در جهان بودن موجب آبادي ملک و رفاهيت احوال باشندگان ملک است و خواهد بود من از استاد رحمته الله عليه اين اندرز شنيده ام که همه طفلان دبستان

و مکتب

" The king rejoined, go, and having learnt the
" meaning of the cause, convey the intelligence
" to the seat of holiness*.

" The centinel instantly departed; and the king,
" after having covered all his body and face with
" a black blanket, followed at a short distance;
" when he saw standing on the road a beautiful
" woman, crying out, I am going, who is the
" man that will cause me to turn back? The
" centinel addressed her, saying, Who art thou,
" O, woman! possessing such exquisite beauty and
" delicacy of form, and why dost thou utter those
" words? The woman set forth, I am the represen-
" tation and emblem of the king of Teberistan's
" life, the term of which being come to a period,
" I am now about to depart. The centinel said,
" O, thou emblem of the king's life! by what
" means art thou to be prevailed on to return
" back? The figure replied, if thou, O, centinel!
" wilt give the life of your own son in exchange
" for that of the king, I will certainly return,

* This, also, signifies " The king's presence."

اقدس مشهور وجا معروض دارد شاه حکم کرد که
برو واین آواز دریافت نموده بعرض رسان
پاسبان همان وقت بیرون رفت بعد اندک
رفتن او پادشاه نیز از کلیم سیاه همه بدن
وروي را پوشیده از اندک تفاوت در پس
پاسبان رفته دید که در راه یک عورت
خوب صورت استاده میگوید که من میروم
که ام آدم مرا باز خواهد کردانید پاسبان
پرسید که اي عورت زیبا شبیه و حسن
مایه و شکل لطیف تو کیستي واین سخن چرا
میگوئي عورت مذکور ظاهر کرد که من صورت
و تصویر عمر پادشاه طبرستان ام عمر شاه
مذکور بانجام رسید الحال من میروم پاسبان
گفت اي تصویر عمر شاه الحال تو چگونه
باز خواهي آمد و مراجعت خواهي کرد تصویر
گفت اي پاسبان اگر تو پسر خود را در
عوض

" stood on one leg, in earnest expectation of his " majesty's august presence. To-night, through the " aid and assistance of fortune, and the stars, it " has been my good luck to behold his majesty's " graces in perfection, and I am greatly delighted " on the occasion.

" During this conversation, the king heard a " voice issuing from the wilds and deserts, which " said, I am going, who is the man that will " cause me to return back? The king was asto- " nished at hearing this noise, and asked the cen- " tinel whether he had remarked it. The centinel " replied, I have heard this noise several nights, " but my duty requires my attendance on my post, " and for that reason I have not enquired about " it; but now, if your majesty gives me orders, " I will ascertain what the noise is, with all pos- " sible expedition, and report it to the court, " peopled by the slaves of the most holy law*.

* This hyperbolical phrase signifies nothing more than " The king's presence."

گفت که من پاسبان و حارس و نگهبانم و حراست قصر شاه میکنم و از چند روز از یکپا استاده میباشم و منتظر دیدار و مشتاق لقاي مبارک پادشاهام امشب از معاونت و اعانت بخت و طالع میمون خود جمال با کمال پادشاه دیدم و بسیار شادمان شدم

و در اثناي این گفت وگو از طرف بادیه و دشت یک آواز در گوش و سمع پادشاه رسید که من میروم کدام آدم مرا خواهد گردانید پادشاه از استماع این آواز و صدا اوند امتعجب گشته حارس را فرمود که اي حارس این آواز را استماعت کردي پاسبان عرض کرد که از چند شب این آواز مي شنوم لیکن خدمت پاسباني دارم ازین باعث استفسار این صدا نکردم که این ندا از آن کیست الحال اگر پادشاه حکم کنند بسرعت سریعه رفته این آواز را تحقیق کند و در حضور کرم معمور بندگان اقدس

" I am ſuch an adept, that I can drive my ar-
" row through a hard ſtone; and beſides this, I
" know many other valuable arts and myſteries.
" I firſt engaged in the ſervice of Ameer Kho-
" jend, but he knew not the value of my ſkill;
" for which reaſon, having quitted his employ, I
" am now come to the king of Teberiſtan.
" The king of Teberiſtan having heard his
" ſpeech, commanded his courtiers to entertain the
" man in the capacity of a guard or centinel;
" when, immediately, in conformity to the king's
" command, they received him into the ſervice: and
" this centinel kept watch every night, ſtanding on
" one leg, with his eyes fixed on the royal pa-
" lace.

" One night, the king was walking till after
" midnight, on the roof of the palace; and after
" looking about on all ſides, caſt his eyes below,
" when he ſaw a man ſtanding on one leg; the
" king enquired his name, and why he was ſtand-
" ing in this manner at midnight. He anſwered,
" I am the centinel, watch, or guard, in charge
" of the king's palace, and for ſome days, have
" ſtood

وچنان تیر اندازي میکنم که تیر من از سنگ خارا بیرون بگذرد دوسو اي این بسیار حرفت وحکمت خوب میدانم اول نزد امیر خجند نوکر و چاکر بودم امیر خجند مذکور قدر صنعت من نشناخت ازین رهگذر و علت نوکري او گذاشته نزدیک شاه طبرستان آمدم شاه طبرستان سخن او را شنیده کارپردازان خود را حکم کرد که او را در خدمت پاسباني و نگهباني نوکر دارند همان وقت کارپردازان مطابق حکم شاه مسطور نوکر داشتند پاسبان مذکور هر شب از یکپا ایستاده جانب قصر شاه نگاه خود را گذاشت

یک شب پادشاه بعد نیم شب بالاي قصر میگردید و سایر بود و نگاه هر طرف میکرد و فرود قصر مینگریست دید که یک شخص از یکپا استاده است پادشاه او را پرسید که تو کیستي و در نیم شب چرا استادهٔ گفت

" affection, as ſhall equal the attachment and fide-
" lity which a centinel in the ſervice of the king
" of Teberiſtan maintained in his heart towards
" that monarch; and in reward thereof acquired
" proſperity."

Khojiſteh aſked, " Of what nature, and after
" what manner is the ſtory of the king of Tebe-
" riſtan? Relate it at full length."

The parrot ſaid, " Men of former times, the
" ſages of antiquity, have thus related:—Once upon
" a time the king of Teberiſtan prepared ſuch a
" banquet and convivial meeting as equalled para-
" diſe. At this feaſt were diſplayed the moſt ex-
" quiſite and delicious viands, the choiceſt liquors,
" and all ſorts of roaſted meats; there were pre-
" ſent all the princes, nobility, ſages, and learned
" doctors, belonging to the city, who did eat of
" the victuals, and, *amongſt the reſt*, of the roaſts,
" and they drank of the liquors.

" Suddenly, a man, who was a ſtranger, enter-
" ed the place. The nobles of the court enquir-
" ed who he was, and from whence he came?"
" He anſwered, I am a gladiator, and a lion-
" catcher. I profeſs the art of archery, in which

پاسبان شاه طبرستان ارادة و عقیدت شاه مزبور در قلب خود داشت و در عوض آن دولت یافت

خجسته پرسید که قصهٔ شاه طبرستان چه قسم و چگونه بود مفصلاً بگو

طوطي عرض کرد که مردمان نخستین و زیرکان پیشین چنین فرموده اند که یکروز شاه طبرستان مجلس و محفل برابر بهشت و فردوس اراسته کرد وطعامهاي نفیس وخورشهاي لطیف و شرابهاي مطبوعه و کبابهاي گوناگون در بزم میداشت و همه شاهزادگان وامیرزادگان و حکیمان و استادان شهر حاضر شدند و طعامها تناول فرمودند و کبابها و شرابها خوردند ونوشیدند

درانجا ناگاه مردي امد اجنبي خاصان بارگاه اورا فرمودند که تو کیستي و ازکجا آمدي گفت من شمشیرزن و شبر گیرام و هنر تیراندازي میدانم وچنان

TALE THE SECOND,

The fidelity of a centinel towards the king of Teberiſtan.

WHEN the day was entirely ſpent, and night arrived, Khojiſteh aroſe from the coſtly couch; and having called for different kinds of food, and various fruits, eat thereof. She compoſed her countenance *with a benignity* reſembling the moon; and having adjuſted her *head* attire, and put on apparel of rich brocade, came to the parrot for permiſſion *to viſit the prince.*

The parrot ſaid to her, " Be cheerful, without " thinking or contriving, for I will be zealous " and active in your cauſe, and be the means of " introducing you to the prince's preſence; but " you, Khojiſteh, muſt preſerve for him, in your " mind, ſuch friendſhip, benevolence, ardour, and

" affection,

حکایت دوم وفاداري پاسبان که باشاه طبرستان کرده بود

چون روز تمام کردید ازانجا که شب رسید خجسته از بستر کرانمایه برخاست وطعامهاي کوناکون ومیوه هاي بوقلمون طلبید وخورد وماه روي خودرا آراست وآرایش داد وپارچه زرباف پوشید ونزدیک طوطي آمد واجازت ورخصت خواست طوطي عرض کرد که تو شاد باش وهیچ تامل واندیشه مکن چرا که من درکار تومجهد ومساعي خواهم بود وترا در حضور شاهزاده خواهم رسانید اماای خجسته تو دوستي ومحبت وشوق وعشق شاهزاده در دل بدار چنانچه پاسبان

parrot. Khojiſteh, delighted at theſe words, was ready to go to the prince, but at that inſtant, the dawn beginning to appear, ſhe poſtponed her departure. As Khojiſteh had kept awake all night to hear the ſtory, ſhe now retired, and repoſed herſelf on her bed.

به صلح و آشتي كردن حاضرم خجسته ازين
سخن مسرور شده خواست كه نزد شاهزاده
برود همدرين اثنا صبح صادق ظاهر شد و رفتن
خجسته موقوف كرديد ازانجا كه خجسته همه شب
براي شنيدن قصه بيدار بود جهت خوابيدن
رفت و بالاي بستر خفت

" lamentation, the Almighty, in commiſſeration of
" her condition, reſtored me to life, *and ſaid*, O'
" parrot! go to this woman's huſband, and make
" peace between them ; be thou even an evidence
" in this cauſe. The bird's maſter felt the force
" of the relation. The ſum of the ſtory is this:
" He departed from his houſe, and having mount-
" ed a horſe, came to his wife, and ſaid alas!
" my love! I have perſecuted you, without your
" having committed any fault ; but now pardon
" my tranſgreſſion. Then he brought his wife
" home, and *from that time* they lived together in
" perfect harmony and good underſtanding, in the
" full enjoyment of love and delight."

Miemun's parrot *thus* finiſhed the tale of the
merchant's parrot, and ſaid to Khojiſteh, Ariſe quick-
ly and go to the prince, that your promiſe may
not be broken and violated. If, *which* God forbid,
your huſband gets intelligence hereof, I am ready to
eſtabliſh peace and friendſhip, like the merchant's
                                                    parrot.

ماند و بسيار گريه و زاري نمود حق سبحانه تعالي
بحال او مهربان شد و بازمرا جان داد كه اي طوطي
نزد شوي اين زن برو و فيمابين اين زن وشوي
آشتي بكن بانكه تو در اين مقدمه گواه شو
اقاي او اين احوال را معلوم كرد حاصل كلام
انيكه از خانه خود برخاست و بالاي اسپ سوار شده
نزد زوجهٔ خود رفت و گفت كه اي معشوقه من
بي تقصير ترا رنج دادم و اينكه عفو تقصير من بكن
پس اهليه را در خانه آورد و زن وشوي باصلح
وآشتي تمام در يك خانه ماندند وبسيار عيش
وعشرتها كردند

طوطي ميمون قصه طوطي تاجر تمام كرد وخجسته را
گفت كه اي خجسته تو زود برخيز ونزديك شاهزاده برو
تا وعدهٔ تو دروغ و خلاف نباشد اگر خدا نخواسته
اين خبر شوي تو بشنود من مثال طوطي تاجر

" that I am not a backbiter, that I ſhould have " told your faults to your huſband; but *on the* " *contrary*, I have preſerved my allegiance to your " bread and ſalt. Behold, even now I am go-" ing to your huſband, and will reconcile him to " you. The parrot having ſpoken theſe words, " went to his maſter's houſe, and ſtanding before " him made obeiſance, imploring *for him* the bleſſing " of long life, and increaſe of riches. The maſ-" ter aſked, Who art thou, and from whence do " you come? Then recollecting the bird, he " ſaid, where have you been for ſome time paſt, " and in what man's houſe have you dwelt? Tell " me every item of your ſtory. The bird an-" ſwered, I am your old parrot, whom a cat " took out of the cage, and impriſoned in her " belly. The maſter aſked, How was you re-" ſtored to life again? The parrot replied, you " drove from your houſe your innocent wife, who " thereupon retired to the cemetery, and after " ſhe had faſted forty days with great grief and

" lamentation,

تو خواهم آمیخت تو یقین بدان که من چنین راستم و چغل نیستم که عیب تو با شوهر تو گفته باشم و من ادب نان و نمک تو داشته ام به بین الحال در خانه نزد شوهر تو میروم و ترا با شوی تو ملحق میکنم طوطي این سخن بگفت و در خانه خواجهٔ خود رفت و در حضور خواجه مذکور سلام بجا آورد و دعا داد که عمر و دولت تو دراز باد اتفا گفت تو کیستي و از کجا آمدي پس باز شناخته گفت که چندین روز کجا بودي و بجو یا کدام ادم ماندي همه احوال خود مفصل بگو

طوطي عرض کرد که من آن طوطي کهنهٔ تو ام که مرا از قفس کرده بردهٔ در قفص مشکم خود داشته خواجه گفت که باز تو چگونه زیستي طوطي التماس کرد که تو زن خود را بیگناه از خانه بیرون کرده دادي از ین ممر زن تو در قبرستان رفت و چهل روز فاقه ماند

" man was aſtoniſhed at hearing this voice, and " thought to herſelf, certainly there is in the bury- " ing-ground the tomb of ſome pious, juſt, and " upright man, who will abſolve me from my " ſins, and reſtore peace and concord between me " and my huſband. Then, under this perſuaſion, " ſhe ſhaved all the hair of her head and body, " and continued ſome time *longer* in the burying- " ground. One day the parrot came out of the " hole or tomb before deſcribed, and ſaid O, " woman! thou, without *my having committed any* " fault, pluckedſt out my feathers, and afflicted " me grievouſly. It is well, thou haſt executed " what my ſtars had ordained. However I have " eaten your ſalt, and from that conſideration will " act well and friendly by you, becauſe I am the " purchaſed parrot of your lord, and thou art my " lady. I ſpoke the words which came to you from " the hole in the tomb; *namely*, that I will unite you " to your huſband. Be aſſured of my fidelity, and

شوهر تو آشتي خواهم ساخت زن مذكور اين آواز
شنيده متعجب شد و در دل خود پنداشت
كه درين گورستان قبر آدم خدا پرست و نيك
كارور است باز است البته او جرم من خواهد
بخشيد و فيمابين من وشوي من صلح و آشتي
خواهد كرد پس ازان زن همه موي سر و
بدن تراشيد و چندي دران گورستان بود
يكروز طوطي از سوراخ قبر مذكور بدر آمد
و گفت كه اي زن تو بدون تقصير پرهاي من
بركند بدي و مرا سخت آزار دادي خوب هرچه
در طالع مقسوم من بود تو كردي ليكن نمك
تو خورده ام ازين ممر و عادت در خدمت تو
نيكي و خوبي خواهم كرد چرا كه من طوطي
خريدهٔ خاوند توام و تو خاتون من هستي واين
سخن با تو از سوراخ گور من گفتم كه ترا با شوهر

تو

" in the morning after that night on which the
" parrot departed, the merchant got out of bed,
" and came to the cage, when ſeeing that the
" parrot was not in it, he cried out aloud, and
" threw his turband on the ground, being greatly
" troubled in mind. He was ſo enraged at his
" wife, that he ſeparated her from his bed and
" board; and, giving no credit to her proteſtations,
" drove her out of his houſe. The wife thought to
" herſelf, as I am repudiated by my huſband, all
" the people of the town will ſpeak ill of me,
" *therefore* it is moſt adviſable for me to repair to
" the burying-ground adjoining to the houſe, and
" expire for want of food and ſleep. Summarily,
" ſhe went to the burying-ground and faſted one
" day. At night the parrot called out from his
" hole, O, woman! ſhave all the hair of your head
" and body with a razor, and remain forty days
" in the burying-ground without food, when I
" will pardon all the ſins you have committed during
" the whole courſe of your life, and will make
" peace between you and your huſband. The wo-

E " man

آنشب که طوطي رفت صبح آن تاجر مسطور از بستر بر خاست ونزد قفص طوطي آمد و دید که طوطي اندر ش نیست شور کرد و دستار بر زمین زد و بسیار متردد خاطر گردید و بر زن بسیار غصه شد بلکه از ان غموم خواب وخور گذاشت و سخنان زن را هیچ اعتبار وباور نکرد و زن را از خانه بدر کرده داد زن مزبوره از ین خیال که شوهرم مرا بدر کرده همه باشندگان شهر مرا بد خواهند گفت مرا مناسب و انست اینکه من در ین گورستان که متصل خانه است بروم بدون خور وخواب خواهم مرد حاصل کلام دران گورستان مرقوم رفت ویکروز فاقه ماند و وقتیکه شب شد طوطي از اندرون سوراخ گفت اي زن همه موئیکه در سر وبدن تست از استره بتراش وتا چهل روز در قبرستان بدون خوراک باش تامن گناه تو که در عمر خود کرده خواهم بخشید و فیما بین تو و شوهر

" parrot was dead; but although he had been " greatly injured by the fall, ſome life ſtill re- " mained; and at the expiration of an hour the " parrot's body recovered a little ſtrength and power " *of motion.* Near the place was a burying-ground, " whither the parrot repaired, and remained ſome " days in the hollow part of a tomb. He faſted " all day, and came out of the hole at night; " and, as travellers were uſed to alight in this bury- " ing-ground, and there eat their victuals, during " the night the parrot picked up their leavings, and " then, taking a drink of water, returned into his " hole in the morning. After ſome time, all the " parrot's feathers having begun to grow again, he " was able to fly a ſhort diſtance, juſt from one " tomb to another, and then perching himſelf: and " he eat ſuch ſeeds as he could diſcover. Early

in

ور دل خود پنداشت که طوطي مرده است
لیکن اندک جان در طوطي باقي بود واز بالا
اوفتادن بسیار وامانده گردیده بود بعداز یکساعت
در جسم طوطي مزبور اندک زور وقوت
رسید درانجا یک گورستان بود طوطي دران
قبرستان رفت ودر سوراخ یک گور چندروز
ماند وهمه روز گرسنه ماندي ودر شب از سوراخ
قبر مر قوم بیرون امدي چون دران گورستان
مسافران فرود امدندي ودر شب طعام میکه
خوردندي پس خورده ان انچه درانجا افتادي طوطي
مزبور آنرا مي چید ومیخورد وآب مي نوشید
باز بوقت صبح در سوراخ میرفت بعد چند
روز همه پرهاي طوطي دمیده شدند وبرآمدند
واندک اندک پریدن میتوانست یعني از یک
گور بردیگر گور پریده مي نشست ودانهارا مي چید ومي خورد

" not tell any circumſtances concerning the wo-
" man, becauſe it would have occaſioned a ſepa-
" ration between man and wife. At the expi-
" ration of a fortnight, the merchant was greatly
" aſtoniſhed to hear from the tongue of a ſtran-
" ger all the circumſtances regarding his wife and
" the young Moghul; according to what the ſages
" have ſaid,—that muſk and love cannot be
" concealed. In ſhort, the merchant was enraged
" at his wife, reproved and puniſhed her. The
" wife naturally ſuſpected the parrot of having
" diſcovered to the huſband all her pranks; and
" thus believing the parrot her enemy, ſhe took an
" opportunity at midnight of plucking off the bird's
" feathers; and, flinging him out of doors, called
" out to the male and female ſlaves of the family,
" that a cat had carried away the parrot. The
" woman concluded in her own mind that the

" parrot

عرض کرد اما احوال زن او را ظاهر نکرد چرا که ما بین شوي
وزن مفارقت خواهد شد بعد از انقضاي دو هفته
تاجر مذکور از زبان ادم خارجي همه احوال اهلیهٔ
خود و مغل زاده در یافت کرده بسیار
متعجب کردید از انجا که خردمندان
کفته اند که مشک و عشق را نتوان نهفتن
القصه تاجر مذکور بر زوجهٔ خود غصه شد و تنبیه و
تادیب کرد ازین باعث زنش پنداشت که همه
احوال من در حضور شوي من این طوطي ظاهر
کرده است پس طوطي را حاسد خود انکاشته
یک روز در نیم شب قابو یافته همه پرهاي
طوطي مذکور را کندیده از خانه بیرون انداخت
و شور کرد و غلامان و کنیزکان خانه را کفت که طوطي
را کربه برده است اکرچه زن مطوره

در

The parrot replied, " In a certain country was a
" merchant, named Ferukh Beg, in whofe houfe
" was a fagacious parrot. This merchant, having
" occafion to travel, gave in charge to the par-
" rot all his goods and chattels, and alfo his wife.
" After which he fet out on his journey, in order
" to trade in different countries; and continued
" *abfent* fome time, tranfacting his commercial
" concerns. Shortly after his departure, his wife
" became acquainted and enamoured with a young
" Moghul. Every night fhe introduced this young,
" Moghul into her houfe ; they flept in one bed
" and continued together in the fame apartment
" till morning. The parrot faw thefe proceed
" ings, and overheard all their converfation ; how-
" ever he was *as fecret* as if he had neither feen
" nor heard. At the expiration of a year and
" a half the merchant returned home, and en-
" quired of the parrot all particulars concerning
" his houfehold. The parrot informed the mer-
" chant of all the affairs of his houfe; but did

طوطي عرض كرد كه در يك ملك يك تاجر بود
فرخ بيك نام داشت در خانهٔ او يك طوطي
بود زيرك تاجر مذكور را مسافرت در پيش آمد
همه مال و منال و اسباب و اشيا و اهليهٔ
خود را حوالهٔ طوطي كرد و براي تجارت و سوداگري
وسير ملك رفت و چند روز در معاملت تجارت ماند
بعد از چندي زن او با يك جوان مغل زاده
ياري كرد و دوستي داشت هر شب مغل زاده
را بخانهٔ خود آوردي و با او هم بستر شدي
و در يك ايوان تا صبح بودي اين افعال اورا
طوطي ميديد و سخنان هر دو را مي شنيد اما
امثال ناديده و ناشنيده مي بود پس از يك
و نيم سال تاجر مذكور طرف خانهٔ خود معاودت
و مراجعت كرد و همه كيفيت خانه را از طوطي
پرسيد طوطي همه اخبار خانه در حضور تاجر مزبور

represented all her own desires,] with the particulars concerning the sharuk. The parrot was endowed with understanding, and thought to himself, "If I refuse my consent, and raise objections "like the sharuk, I shall *also* be murdered." After making this reflection, he thus addressed himself to Khojisteh, in the softest tone imaginable, "The sharuk was a female, many of whom "are deficient in wisdom; for which reason those "who are wise themselves ought not to reveal "their secrets to any of the sex. Be not now "uneasy or unsettled in your mind; for as long "as my soul continues in my body, I will exert "my endeavours in this business of your's, and "will gratify your inclinations. God forbid *it* "*should actually so happen; but* if this secret of "your's should be divulged, and your husband "hear of it, I will make peace and tranquillity "between you and him, like the parrot of Ferukh "Beg." Khojisteh asked "What is the story "of the parrot of Ferukh Beg? Tell it at full "length, and you will oblige me."

رسید و همه مطالب خود و کوایف شارک را بالمشافهه طوطی ظاهر کرد ازانجا که طوطی دانشمند بود در دل خود تامل کرد که اکر من مطابق شارک منع کنم و ممانعت نمایم هلاک خواهم شد بعد ازین اندیشه خجسته را از نرمی تمام اظهار کرد از انجا که شارک مونث است و اکثر اناث ناقص العقل می شوند ازین باعث دانایان را مناسب است که رازهای خود را بانساء باز نباید کرد تو الحال هیچ فکر و وسواس مکن تا که جان من در جسم است درین کار تو من سعی و کوشش خواهم کرد و ترا بمراد و مدعای تو خواهم رسانید خدا نخواسته اکر این راز تو درمیان ظاهر شود و این خبر شوی تو بشنود مثل طوطی فرخ بیک میان تو و شوهر تو صلح و آشتی خواهم کرد خجسته کفت که داستان طوطی فرخ بیک چه قسم بود مفصل ظاهر بکن تا ممنون تو خواهم شد

طوطی

" in the morning after that night on which the
" parrot departed, the merchant got out of bed,
" and came to the cage, when ſeeing that the
" parrot was not in it, he cried out aloud, and
" threw his turband on the ground, being greatly
" troubled in mind. He was ſo enraged at his
" wife, that he ſeparated her from his bed and
" board; and, giving no credit to her proteſtations,
" drove her out of his houſe. The wife thought to
" herſelf, as I am repudiated by my huſband, all
" the people of the town will ſpeak ill of me,
" *therefore* it is moſt adviſable for me to repair to
" the burying-ground adjoining to the houſe, and
" expire for want of food and ſleep. Summarily,
" ſhe went to the burying-ground and faſted one
" day. At night the parrot called out from his
" hole, O, woman! ſhave all the hair of your head
" and body with a razor, and remain forty days
" in the burying-ground without food, when I
" will pardon all the ſins you have committed during
" the whole courſe of your life, and will make
" peace between you and your huſband. The wo-

آنشب که طوطی رفت، صبح آن تاجر مسطور از
بستر برخاست و نزد قفص طوطی آمد و دید که طوطی
اندرش نیست شور کرد و دستار بر زمین زد
و بسیار متردد خاطر گردید و بر زن بسیار
غصه شد بلکه از ان غموم خواب و خور گذاشت و
سخنان زن را هیچ اعتبار و باور نکرد و زن را از خانه بدر کرده داد
زن مجبور ه از ین خیال که شوهرم مرا بدر کرده همه
باشندگان شهر مرا بد خواهند گفت مرا مناسب و
انست اینکه من در ین گورستان که متصل خانه
است بروم بدون خور و خواب خواهم مرد حاصل کلام
در ان گورستان مرقوم رفت و یکروز فاقه ماند و وقتیکه
شب شد طوطی از اندرون سوراخ گفت ای زن
همه موئیکه در سر و بدن تست از استره بتراش
و تا چهل روز در قبرستان بدون خوراک باش
تا من گناه تو که در عمر خود کرده خواهم بخشید و فیما بین تو
و شوهر

" parrot was dead; but although he had been " greatly injured by the fall, ſome life ſtill re- " mained; and at the expiration of an hour the " parrot's body recovered a little ſtrength and power " *of motion*. Near the place was a burying-ground, " whither the parrot repaired, and remained ſome " days in the hollow part of a tomb. He faſted " all day, and came out of the hole at night; " and, as travellers were uſed to alight in this bury- " ing-ground, and there eat their victuals, during " the night the parrot picked up their leavings, and " then, taking a drink of water, returned into his " hole in the morning. After ſome time, all the " parrot's feathers having begun to grow again, he " was able to fly a ſhort diſtance, juſt from one " tomb to another, and then perching himſelf: and " he eat ſuch ſeeds as he could diſcover. Early

in

ور دل خود پنداشت که طوطي مرده است
لیکن اندک جان در طوطي باقي بود واز بالا
افتادن بسیار وامانده گردیده بود بعد از یکساعت
در جسم طوطي مزبور اندک زور و قوت
رسید در انجا یک گورستان بود طوطي دران
قبرستان رفت و در سوراخ یک گور چند روز
ماند و همه روز گرسنه ماندي و در شب از سوراخ
قبر مرقوم بیرون امدي چون دران گورستان
مسافران فرود امدندي و در شب طعام میکه
خوردندي پس خورده ان انچه در انجا افتادي طوطي
مزبور آنرا مي چید و میخورد و آب مي نوشید
باز بوقت صبح در سوراخ میرفت بعد چند
روز همه پرهاي طوطي دمیده شدند و بر آمدند
و اندک اندک پریدن میتوانست یعني از یک
گور بر دیگر گور پریده مي نشست و دانهارا مي چید و مي خورد

" not tell any circumſtances concerning the wo-
" man, becauſe it would have occaſioned a ſepa-
" ration between man and wife. At the expi-
" ration of a fortnight, the merchant was greatly
" aſtoniſhed to hear from the tongue of a ſtran-
" ger all the circumſtances regarding his wife and
" the young Moghul; according to what the ſages
" have ſaid, — that muſk and love cannot be
" concealed. In ſhort, the merchant was enraged
" at his wife, reproved and puniſhed her. The
" wife naturally ſuſpected the parrot of having
" diſcovered to the huſband all her pranks; and
" thus believing the parrot her enemy, ſhe took an
" opportunity at midnight of plucking off the bird's
" feathers ; and, flinging him out of doors, called
" out to the male and female ſlaves of the family,
" that a cat had carried away the parrot. The
" woman concluded in her own mind that the

" parrot

عرض کرد اما احوال زن اورا ظاهر نکرد چرا که ما بین شوي
وزن مفارقت خواهد شد بعد از انقضاي دو هفته
تاجر مذکور از زبان ادم خارجي همه احوال اهليه
خود و مغل زاده دریافت کرده بسیار
متعجب گردید از انجا که خردمندان
گفته اند که مشک و عشق را نتوان نهفتن
القصه تاجر مذکور بر زوجه خود غصه شد و تنبيه و
تاديب کرد از ین باعث زنش پنداشت که همه
احوال من در حضور شوي من این طوطي ظاهر
کرده است پس طوطي را حاسد خود انگاشته
یک روز در نیم شب قابو یافته همه پرهاي
طوطي مذکور را کنده از خانه بیرون انداخت
و شور کرد و غلامان و کنیزکان خانه را گفت که طوطي
را گربه برده است اگرچه زن مطوره

در

The parrot replied, " In a certain country was a
" merchant, named Ferukh Beg, in whofe houfe
" was a fagacious parrot. This merchant, having
" occafion to travel, gave in charge to the par-
" rot all his goods and chattels, and alfo his wife.
" After which he fet out on his journey, in order
" to trade in different countries; and continued
" *abfent* fome time, tranfacting his commercial
" concerns. Shortly after his departure, his wife
" became acquainted and enamoured with a young
" Moghul. Every night fhe introduced this young,
" Moghul into her houfe ; they flept in one bed
" and continued together in the fame apartment
" till morning. The parrot faw thefe proceed
" ings, and overheard all their converfation ; how-
" ever he was *as fecret* as if he had neither feen
" nor heard. At the expiration of a year and
" a half the merchant returned home, and en-
" quired of the parrot all particulars concerning
" his houfehold. The parrot informed the mer-
" chant of all the affairs of his houfe; but did

D 2   " not

طوطي عرض كرد كه در يک ملک يک تاجر بود
فرخ بيک نام داشت در خانهٔ او يک طوطي
بود زيرک تاجر مذكور را مسافرت در پيش آمد
همه مال و منال و اسباب و اشيا و اهاليهٔ
خود را حوالهٔ طوطي كرد و براي تجارت و سوداگري
و سير ملک رفت و چند روز در معاملات تجارت ماند
بعد از چندي زن او با يک جوان مغل زاده
ياري كرد و دوستي داشت هر شب مغل زاده
را بخانهٔ خود آوردي و با او هم بستر شدي
و در يک ايوان تا صبح بودي اين افعال او را
طوطي ميديد و سخنان هر دو را مي شنيد امثال
ناديده و ناشنيده مي بود پس از يک
و نيم سال تاجر مذكور طرف خانهٔ خود معاودت
و مراجعت كرد و همه كيفيت خانه را از طوطي
پرسيد طوطي همه اخبار خانه در حضور تاجر مزبور

غرض

represented all her own desires,] with the particulars concerning the sharuk. The parrot was endowed with understanding, and thought to himself, "If I refuse my consent, and raise objections "like the sharuk, I shall *also* be murdered." After making this reflection, he thus addressed himself to Khojisteh, in the softest tone imaginable, "The sharuk was a female, many of whom "are deficient in wisdom; for which reason those "who are wise themselves ought not to reveal "their secrets to any of the sex. Be not now "uneasy or unsettled in your mind; for as long "as my soul continues in my body, I will exert "my endeavours in this business of your's, and "will gratify your inclinations. God forbid *it* "*should actually so happen; but* if this secret of "your's should be divulged, and your husband "hear of it, I will make peace and tranquillity "between you and him, like the parrot of Ferukh "Beg." Khojisteh asked "What is the story "of the parrot of Ferukh Beg? Tell it at full "length, and you will oblige me."

رسيد و همه مطالب خود و كوايف شارك را بالمشافهه
طوطي ظاهر كرد از انجاكه طوطي دانشمند بود در دل خود
تامل كرد كه اكر من مطابق شارك منع كنم و ممانعت
نمايم هلاك خواهم شد بعد ازين انديشه خجسته را
از نرمي تمام اظهار كرد از انجاكه شارك
مونث است و اكثر اناث ناقص العقل مي شوند
ازين باعث دانايان را مناسب است كه رازهاي خود
را با انسا باز نبايد كرد تو الحال هيچ فكر و وسواس بكن تا كه
جان من در جسم است درين كار تو من سعي و كوشش
خواهم كرد و ترا بمراد و مدعاي تو خواهم رسانيد خدا نخواسته
اكر اين راز تو در ميان ظاهر شود و اين خبر شوي تو
بشنود مثل طوطي فرخ بيك ميان تو و شوهر تو صلح
و آشتي خواهم كرد خجسته كفت كه داستان
طوطي فرخ بيك چه قسم بود مفصل ظاهر بكن
تا ممنون تو خواهم شد

طوطي

over *our actions*, she would wait upon the prince after midnight. Early at night, after having arrayed herself in her finest and best apparel, she repaired to the sharuk, and sitting down in a chair, thus reflected in her mind, "Because I "am woman, and the sharuk is also a female, "she will certainly listen to my words on the "present occasion, and give me leave to visit the "prince." With this persuasion, she represented to the sharuk all the particular circumstances *of her case*. The sharuk advised her, *saying*, "You "must not commit such an action, which is "considered amongst your tribe as most heinous "and disgraceful." But as love had now gained the ascendancy over Khojisteh, the sharuk's refusal threw her into a rage. Seizing the bird fast by both legs, she pulled her out of the cage, and struck her against the ground with such violence, that the soul took flight from the body, and she expired. Then, full of wrath and indignation, she came to the parrot, to whom she represented

است و شب پرده پوش است بعد از نیم شب
در حضور ملک زاده خواهم رسید و قتیکه شب
شروع شد خجسته پارچهاي نفیس و بهتر پوشیده
روبروي شارک آمد و بالاي کرسي نشسته در دل
خود تامل کرد که من زنم و شارک نیز زن است و
درین کار البته شارک سخن من خواهد شنید
و براي رفتن در حضور ملک زاده اجازت و رخصت
خواهد داد باین اندیشه همه حقیقت و کیفیت
را بالمشافهه شارک ظاهر کرد شارک وعظ
گوئي نموده که چنین کار نباید کرد در میان قوم
شما این عظیم ترعیب و ننگ است ازانجا که
عشق خجسته را غالب شده بود امتناع شارک
غصه او را تغیاني کرد شارک را از درون
قفص و پنجره بیرون کرده دو پاي شارک را از دست
محکم و مضبوط کرفته چنان سرزمین زد که جان از بدن شارک
بالا پرید و مرد بعد ازان با خشم و غصه نزد یک طوطي
رسید

great ſorrow at the departure of Miemun; and being ſeparated from the poſſeſſor of her heart, ſhe neither ſlept during the night, nor eat in the day. To be brief, the parrot diſpelled the ſorrows of her heart, by relating pleaſant ſtories. At the expiration of ſix months, one day Khojiſteh, after having bathed herſelf, and adorned her perſon, was looking out of a window at the top of the houſe into the ſtreet; when a prince of another country, who had travelled into this city, having beheld the glowing cheeks of Khojiſteh, was diſtracted with love; and Khojiſteh alſo was faſcinated at the ſight of the prince. The ſame hour the prince ſent a procureſs to Khojiſteh, privately, with a meſſage, that provided ſhe would only take the trouble to viſit his houſe any night, for four hours, he, in return for this *condeſcenſion*, would preſent her with a ring eſtimated at a lack of huns. At firſt, however, ſhe did not agree to his propoſal; but at length the inſtigations of the procureſs prevailed; and ſhe returned him for anſwer, that as day reveals, and night caſts a veil

over

میمون خجسته چندین غمهاي موفوره بعمل آورده و از فراق دلدار در شب نمي خفت و در روز نميخورد غرض طوطي از گفتن شيرين قصها غموم دل خجسته برطرف میکرد بعد انقضاي شش ماه يک روز خجسته غسل کرد و چهرهٔ خود را آراسته نموده بالاي بام ايستاد و از دريچه تماشاي کوچه ميکرد يک ملک زادهٔ ديگر شهر براي سير دران شهر رسيده بود آفتاب رخسارهٔ خجسته را ديده مجنون و ديوانه گرديد و خجسته نيز ملک زاده را ديده شيفته و فريفته شد و ملک زاده همان ساعت ازيک زن محتاله از راه خفيه نزد يک خجسته پيام و پيغام فرستاد که اگر يک شب براي چهار ساعت درخانهٔ من قدم رنجه خواهي کرد در عوض ان يک انگشترين بهاي لک هون خواهم داد اگرچه دراول پيامش قبول نکرده وليکن از بسيار ورغلانيدن محتاله راضي شده جوابش گفته فرستاد که روز پرده در است

own city. At length Miemun was much pleaſed and delighted with the converſation of the parrot, and bought another bird, called a ſharuk, (or mina) with the view, that by placing it in company with the parrot, the mind of the latter might be freed from the irkſomeneſs of ſolitude; according to the ſaying of the ſages,

" Kind fly with kind, pigeon with pigeon, hawk
" with hawk."

The intention of Miemun in placing the ſharuk along with the parrot, was, that theſe birds might be mutually pleaſed with the company of each other. One day Miemun ſaid to Khojiſteh, " I " am now going to perform a journey to *a cer-* " *tain* country, and *ſhall alſo* make a voyage, in " order to viſit ſeveral ports. Whenever you have " buſineſs to tranſact, or any weighty affair occurs, " carry not your intentions into execution, with- " out the advice and conſent of the parrot and " the ſharuk." After ſpeaking to this purport, he commenced his journey. Khojiſteh expreſſed

کرده جانب شهر خودها روانه شدند پس میمون
از گفتهٔ طوطي بسيار خورم و خورسند گرديد و ديگر
جانوري راکه نام او شارک بود خريد کرد براين معني
که اگر شارک را درصحبت طوطي گذاشته آيد
وحشت تنهائي او از قلب بيرون خواهد رفت
چنانچه دانايان فرموده اند کند همجنس با همجنس پرواز
کبوتر با کبوتر باز با باز
غرض ميمون شارک راهمراه طوطي داشت تا اين
دو پرند از مصاحبت يک ديگر مسرور خواهند بود
روزي ميمون خجسته را ظاهر کرد که من بعد اين ميخواهم
که مسافرت ملک و سفر دريا و سير بنادر نمايم
درحينيکه ترا کاري در پيش آيد و مهمي عارض گردد
بدون صلاح و مصلحت شارک و طوطي
بعمل نياري و بي رخصت و رضاي اينها
کاري از قطرهٔ بفعل نياري با مثال اين چندين
سخنان گفت و اختيار مسافرت کرد بعد رفتن

to this city, and buy all the ſpikenard that is in it. Do you purchaſe all the ſpikenard in the place; hoard it up, and ſell it after the arrival of theſe travelling merchants, from which traffic you will derive conſiderable advantage." Miemun having heard, underſtood, and approved, the words of the parrot, gave the owner a thouſand huns, the price of the bird; and having bought it, carried it to his own houſe. He ſent for all the ſpikenard in the city, and aſked the ſellers the price thereof. The ſpikenard dealers ſaid, " The price of the whole is ten thouſand huns." In the ſame hour he paid the aforeſaid ſum from his own treaſury, and purchaſed the ſpikenard, which he ſtored up in one of his palaces. The third day, according as the parrot had predicted, the people of the caravan of Cabul arrived, and made great ſearch amongſt the merchants and traders, but could no where find out any ſpikenard, becauſe Miemun had bought the whole of that article in the city. The people of the caravan came into the preſence of Miemun, and having bought the ſpikenard for the ſum of fifty thouſand huns, ſet out for their

خریدن سنبل درین شهر خواهند آمد و همه سنبل
این شهر را خریده خواهند کرد تو همه سنبل شهر را
خرید بکن و یک جا جمع دار پس از آمدن کاروانیان
مذکور بفروشش تو ازان سوداگری بسیار فایده
خواهی گرفت میمون سخن طوطی را شنیده و فهمیده
و پسندیده مبلغ یک هزار هون قیمت طوطی بفروشنده
داد و طوطی را خریده بخانه خود برد و همه سنبل شهر را
طلبیده از سنبل فروشان قیمتش را استفسار کرد
سنبل فروشان گفتند که قیمت این همه ده هزار
هون است در همان ساعت مبلغ مذکور از خزانهٔ
خود داد و انرا خرید کرد و در یک ایوان نگهداشت
روز سیوم مطابق ایمای طوطی کاروانیان از کابل
رسیدند و از تجاران و از سوداگران بسیار جستجو کردند
اما همه جا اثار سنبل نیافتند چرا که میمون همه سنبل
شهر را خرید کرده بود بعد ازان کاروانیان در حضور میمون
آمدند و سنبل مذکور را بمبلغ پنجاه هزار هون خرید
کرده

cage in his hand. Miemun said to the parrot-seller, Tell me what is the price of this bird? The parrot-seller answered, " The price of it is the sum of a thousand huns." Miemun replied, " The person who could give so large a sum of money for a handful of feathers, and a cat's morsel, must be an ignorant blockhead." *To this*, the parrot-seller was unable to give an answer. At that interval, the parrot thought thus to itself, " If this rich man does not purchase me, *his refusal* will occasion evil and misfortune; for it is *only* by associating with great and intelligent *minds*, that the understanding can be improved." Then the parrot thus rejoined, " Oh, beauteous youth! endowed with riches, and master of every accomplishment, although I appear in your sight *nothing but* a handful of feathers, yet, through the power of wisdom and knowledge, I can soar above the sky; and the eloquent are struck with wonder, and are astonished on listening to my sweet discourses. The meanest art that I possess is, that any action of past time, or to come, I know at present: the business of to-morrow, I am acquainted with to-day. Now, *for instance*, the caravans of Cabul will come

گرفته استاده بود میمون طوطي فروش را گفت که قیمت این چه قدر است بطوطي فروش جواب داد که قیمت این مبلغ یک هزار هون است میمون گفت شخصیکه براي یک مشت پر و جهت یک نوالهٔ گربه این قدر زر دهد ابله و احمق و بیوقوف و نادان است طوطي فروش جواب دادن نتوانست دران زمان طوطي پنداشت که اگر این دولتمند عمده مرا خرید نکند موجب قباحت و باعث شناعت است ازانجا که صحبت بزرگان و دانایان سبب ترقي عقل است بعد ازان طوطي جواب داد که اي جوان خوش جمال واي دولتمند صاحب کمال اگرچه من در نظر شما مشت پر مینمایم اما بخرد و دانائي بالاي آسمان مي پرم و خوش گویان شیرین سخن مرا شنیده حیران میشوند و متعجب میگردند کمینه هنر که در من است آن است که کار پیشین و آینده را در حال مي شناسم و کارهاي فردا را امروز میدانم اینکه کاروانیان کابل براي خریدن

dreſſes. When the abovementioned ſon arrived at the age of ſeven years, he was placed under the direction of a maſter, perfectly verſed in every kind of knowledge.

In a ſhort time he read the alphabet, with the Amudnameh, (or conjugations of verbs) and *by degrees* the Inſha Herkeren, the Guliſtan, Jinmia ul Kewaneen, Inſha Abuliezul, Inſha Youſefy, with the Rukaat Jami ; and acquired complete ſkill in the Arabic and Perſian ſciences. He alſo learnt the ceremonies to be obſerved in the royal council, as well as the rules for converſation and deportment at an imperial banquet ; and met with approbation in the ſight of the king, and all the nobles of the court.

His father called him Miemun, (or auſpicious) and married him to a wife, whoſe body *was fair* as the *ſilver* moon, and her countenance *enlivening* as the ſun. The name of this lady was Khojiſteh (or proſperous). Between M'emun and Khojiſteh there was ſuch exceſſive intimacy, friendſhip, and affection, that every day, from evening till morning, they were inſeparable : they ſlept in one place, and always ſat together. One day Miemun rode in a palkee to take a view of the market place, where he beheld a perſon ſtanding with a parrot
cage

ضیافت کرد و خلعتهای گران بها داد وقتیکه پسر مرقوم بسن هفت سال رسید در خدمت اوستاد همه دان کامل گذاشت

و در چند روز الف بی و ابجد نامه و انشای هرکرن و گلستان و جامع القوانین و انشاء ابوالفضل و یوسفی و رقعات جامی خواند و اکتساب علوم عربی و پارسی تمام کرد و قاعدهٔ نشست و برخاست مجالس شاهی و قانون گفتار و رفتار بزم شهنشاهی آموخت و در نظر پادشاه و جمیع خاصان بارگاه پسند آمد

پدرش نام او میمون نهاد و با یک زن ماه بدن خورشید رخسار شادی کرده داد نام آن زن خجسته بود درمیان خجسته و میمون الفت و مودت و محبت زیاده شد چنانچه هر روز در عشی و الاشراق یک جای بودند و یک جا می خفتند و یک جا می نشستند میمون یک روز بالای پالکی سوار شده برای تماشای بازار رفت و دید که شخصی در بازار قفص طوطی در دست

گرفته

TALE THE FIRST.

Of the Birth of Miemun; and of Khojisteh falling in love.

ONE of the princes of former times, whose name was Ahmed Sultaun, *possessed* much riches and effects, with a numerous army, *so that* one hundred thousand horses, fifteen hundred chains of elephants, and nine hundred strings of camels of burthen, stood ready at his gate. But he had no children, neither son nor daughter. He, therefore, continually visited the worshippers of God, *to engage their intercession in his favour*; and day and night, morning and evening, was *himself* offering up prayers for a son. After some time *had passed in this manner*, the Creator of heaven and earth bestowed on the aforesaid king a son, of beautiful form, his countenance *resplendent* as the sun, and his forehead *resembling* the moon. From the delight *occasioned* by this *event*, the heart of Ahmed Sultaun expanded like a new-blown rose; he bestowed many thousand rupees and huns (or pagodas) on dervieshes and fakeers: for three months continuance, the omrah, viziers, sages, learned men, and teachers in the city, were feasted; and he gave away costly

قصهٔ اول در پیدایش میمون و عاشق شدن خجسته

یکی از دولتمندان پیشین که احمد سلطان نام داشت
بسیار مال و متاع و بسا لشکر و عساکر و فوج و
و صد هزار اسپ و یکهزار و پنجصد زنجیر فیل و نه صد
قطار شتر باربردار بر در او حاضر بود لیکن پسر و فرزند
و اولاد نداشت و همیشه در خدمت خدا پرستان
میرفت و روز و شب صبح و شام برای پسر دعا
میخواست پس از چند روز آفرینندهٔ آسمان و زمین
شاه مذکور را یک پسر خوب صورت آفتاب چهره
ماه جبین داد احمد سلطان ازین مسرت و نشاط
مثال گل شگفته دل گردیده چندان هزار روپیه و هون
بدرویشان و فقیران عطا کرد و تا سه ماه امیران و
وزیران و دانایان و فاضلان و استادان شهر را
ضیافت

بسم الله الرحمن الرحيم

بعد از جنس جنس ثنا و صفت پيدا كنندهٔ آسمان
و زمين كيفيت و حقيقت اين است كه داستان
قصه ها و حكايات حضرت نخشبي رحمة الله عليه كه در
طوطي نامه بعبارت سخت و دقيق نوشته بودند
انرا براي مفصل و بيان و از جهت معلوم شدن
همه مردمان محمد قادري اصلح الله شانه در عبارت
سليس و آسان كه مشتمل بر عبارت خطوط باشد
و روز مره جواب و سوال كه دولتمندان را لايق
باشد نوشته است يكي از داستان مسطور اين است

In the Name of the moſt merciful God!

After *beſtowing* every kind of eulogy and praiſe on the Creator of heaven and earth, *we proceed to ſet forth* the nature and true intent *of theſe pages, which* is this. The narrations, tales, and fables of Hazerut Nekhſhebe (the mercy of the Almighty reſt upon him) in the Tootinameh, or Tales of a Parrot, being compoſed in a difficult and abſtruſe ſtyle, Mahommed Kadery (may God amend his condition) for the ſake of diſtinctneſs and illuſtration, and in order to render them intelligible to all *deſcriptions of* men, has written them in familiar and eaſy language, ſo as to compriſe the epiſtolary ſtyle, and ordinary converſation befitting perſons of high rank. This is one of the above mentioned Tales.

8

dreſſes. When the abovementioned ſon arrived at the age of ſeven years, he was placed under the direction of a maſter, perfect'y verſed in every kind of knowledge.

In a ſhort time he read the alphabet, with the Amudnameh, (or conjugations of verbs) and *by degrees* the Inſha Herkeren, the Guliſtan, Jǎnmia ul Kewaneen, Inſha Abulíezul, Inſha Youſefy, with the Rukaat Jami ; and acquired complete ſkill in the Arabic and Perſian ſciences. He alſo learnt the ceremonies to be obſerved in the royal council, as well as the rules for converſation and deportment at an imperial banquet ; and met with approbation in the ſight of the king, and all the nobles of the court.

His father called him Miemun, (or auſpicious) and married him to a wife, whoſe body *was fair* as the *ſilver* moon, and her countenance *en'ivening* as the ſun. The name of this lady was Khojiſteh (or proſperous). Between M'emun and Khojiſteh there was ſuch exceſſive intimacy, friendſhip, and affection, that every day, from evening till morning, they were inſeparable: they ſlept in one place, and always ſat together. One day Miemun rode in a palkee to take a view of the market place, where he beheld a perſon ſtanding with a parrot
cage

ضیافت کرد و خلعتهای گران بها داد و وقتیکه پسر مرقوم بسن هفت سال رسید بر خدمت اوستاد همه دان کامل گذاشت

و در چند روز الف بی و ابجد نامه و انشاء هرکرن و گلستان و جامع القوانین و انشاء ابوالفضل و یوسفی و رقعات جامی خواند و اکتساب علوم عربی و پارسی تمام کرد و قاعدهٔ نشست و برخاست مجلس شاهی و قانون گفتار و رفتار بزم شهنشاهی آموخت و در نظر پادشاه و جمیع خاصان بارگاه پسند آمد

پدرش نام او میمون نهاد و با یک زن ماه بدن خورشید رخسار شادی کرده داد نام آن زن خجسته بود در میان خجسته و میمون الفت و مودت و محبت زیاده شد چنانچه هر روز در عشی و الاشراق یک جای بودند و یک جامی خفتند و یک جامی نشستند میمون یک روز بالای پالکی سوار شده برای تماشای بازار رفت و دید که شخصی در بازار قفص طوطی در دست

گرفته

TALE THE FIRST.

Of the Birth of Miemun; and of Khojisteh falling in love.

ONE of the princes of former times, whose name was Ahmed Sultaun, *possessed* much riches and effects, with a numerous army, *so that* one hundred thousand horses, fifteen hundred chains of elephants, and nine hundred strings of camels of burthen, stood ready at his gate. But he had no children, neither son nor daughter. He, therefore, continually visited the worshippers of God, *to engage their intercession in his favour*; and day and night, morning and evening, was *himself* offering up prayers for a son. After some time *had passed in this manner*, the Creator of heaven and earth bestowed on the aforesaid king a son, of beautiful form, his countenance *resplendent* as the sun, and his forehead *resembling* the moon. From the delight *occasioned* by this *event*, the heart of Ahmed Sultaun expanded like a new-blown rose; he bestowed many thousand rupees and huns (or pagodas) on dervieshes and fakeers: for three months continuance, the omrah, viziers, sages, learned men, and teachers in the city, were feasted; and he gave away costly

B 2   dresses.

قصهٔ اول در پیدایش میمون و عاشق شدن خجسته

یکی از دولتمندان پیشین که احمد سلطان نام داشت بسیار مال و متاع و بسا لشکر و عساکر و فوج و وصد هزار اسپ و یکهزار و پنجصد زنجیر فیل و نه صد قطار شتر باربردار بر در او حاضر بود لیکن پسر و فرزند و اولاد نداشت و همیشه در خدمت خدا پرستان میرفت و روز و شب صبح و شام برای پسر دعا میخواست پس از چند روز آفرینندهٔ آسمان و زمین شاه مذکور را یک پسر خوب صورت افتاب چهره ماه جبین داد احمد سلطان ازین مسرت و نشاط مثال گل شگفته دل کردیده چندان هزار روپیه و هون بدرویشان و فقیران عطا کرد و تا سه ماه امیران و وزیران و دانایان و فاضلان و استادان شهر را ضیافت

بسم الله الرحمن الرحیم

بعد از جنس جنس ثنا و صفت پیدا کنندهٔ آسمان
و زمین کیفیت و حقیقت این است که داستان
قصه ها و حکایات حضرت نخشبی رحمة الله علیه که در
طوطی نامه بعبارت سخت و دقیق نوشته بودند
انرا برای مفصل و بیان و از جهت معلوم شدن
همه مردمان محمد قادری اصلح الله شانه در عبارت
سلیس و آسان که مشتمل بر عبارت خطوط باشد
و روز مره جواب و سوال که دولتمندان را لایق
باشد نوشته است یکی از داستان مسطور این است

In the Name of the most merciful God!

After *bestowing* every kind of eulogy and praise on the
Creator of heaven and earth, *we proceed to set forth* the na-
ture and true intent *of these pages, which* is this. The
narrations, tales, and fables of Hazerut Nekhsheby (the
mercy of the Almighty rest upon him) in the Tootinameh,
or Tales of a Parrot, being composed in a difficult and
abstruse style, Mahommed Kadery (may God amend his
condition) for the sake of distinctness and illustration,
and in order to render them intelligible to all *descriptions of*
men, has written them in familiar and easy language, so as
to comprise the epistolary style, and ordinary conversation
befitting persons of high rank. This is one of the above
mentioned Tales.

B TALE

طوطي‌نامه

THE TOOTINAMEH;

OR,

𝕮𝖆𝖑𝖊𝖘 𝖔𝖋 𝖆 𝕻𝖆𝖗𝖗𝖔𝖙.

6

ADVERTISEMENT.

A COLLECTION of Perſian Tales, written expreſſly for the improvement of young ſtudents, accompanied with an Engliſh tranſlation, is now ſubmitted to the candour of the public.

The learned Orientaliſt will allow, that to render into Engliſh ſuch ſubjects, with any degree of ſucceſs, is no pleaſant or eaſy taſk, on account of the difficulty of accommodating the ſenſe to a different idiom, ſo as to preſerve the ſpirit of the original, and, at the ſame time, avoid the ridiculous extremes of inſipidity or bombaſt; and, therefore, ſuch a critic, will readily grant indulgence to a tranſlation, which pretends to no merit, but that of faithfulneſs and perſpicuity.

طوطي نامة

=

T H E

TOOTINAMEH;

O R,

TALES OF A PARROT:

IN THE

PERSIAN LANGUAGE;

WITH AN

ENGLISH TRANSLATION.

CALCUTTA:

PRINTED BY A. UPJOHN,

1792.